JOURNAL
DE CE QUI S'EST FAIT
POUR
LA RECEPTION
DU ROY
DANS SA VILLE
DE METZ,

LE 4. AOUST 1744.

Avec un Recuëil de plusieurs Piéces sur le même Sujet, & sur les Accidens survenus pendant son Séjour.

A METZ,

De l'Imprimerie de la Veuve de PIERRE COLLIGNON, Imprimeur de l'Hôtel de Ville & du College, Place Saint Jacques, à la Bible d'Or.

M. DCC. XLIV.

JOURNAL

DE CE QUI S'EST FAIT
pour la Réception du ROY dans sa Ville de Metz le 4. Août 1744. avec un Recuëil de plusieurs Piéces sur le même Sujet, & sur les Accidens survenus pendant son Séjour.

E ROY ayant été informé que l'Armée de la Reine d'Hongrie, commandée par le Prince Charles de Lorraine, avoit passée le Rhin, & que sa Province d'Alsace étant exposée aux violences des Ennemis, pourroit souffrir des désastres de la Guerre, si l'on ne lui portoit de prompts secours ; Sa Majesté voulant les lui procurer en Personne, s'est déterminée de s'y rendre à la Tête d'un Détachement de ses Armées de Flandres, & de donner dans cette conjonccture pressante des marques essentielles de ses bontez pour son Peuple ; & ayant fait donner avis de sa résolution à M. le Maréchal Duc de Belleisle, Gouverneur de cette Ville, qu'elle y arriveroit ledit jour 4. du mois d'Août : Les Magistrats à qui cette arrivée n'avoit pû être notifiée avant le 22. Juillet précédent, ont été par la briéveté du tems & par le défaut des Ouvriers nécessaires, dans l'impossibilité de faire préparer toutes les démonstrations de joye qu'ils auroient souhaité, & de signaler leur zéle autant que leur amour pour leur Souverain, & le bien de le posséder l'exigent.

Leur premiere attention fut de faire une Revuë générale de tous les Bourgeois, d'en tirer ceux de plus belle aparence pour former quatre Bataillons, d'engager le plus grand nombre de jeunes gens de famille qu'il a été possible, pour composer plusieurs Compagnies de Cadets de differens âges, & de faire ériger sur les Passages du Roi en cette Ville, les Trophées les plus convenables à sa gloire.

Tous les Officiers Bourgeois se sont empressez à se donner un Uniforme écarlate, que les Capitaines ont fait border d'un Galon d'Or, & les Subalternes les ont fait orner de Boutons & Boutonnieres d'Or, ayant tous un Chapeau bordé de même avec une Cocarde de Ruban blanc, des Vestes & des Guêtres blanches.

Les Bourgeois à l'imitation de leurs Officiers se sont donnez des Cocardes blanches, & se sont habillez le plus proprement qu'il leur a été possible, & la Ville leur a fourni douze Drapeaux neufs.

Le premier Corps des Cadets composé de 150. Enfans de Famille de 9. à 10. ans, fut formé, habillé & armé dans six jours.

L'Habillement de ces petits Cadets étoit uniforme à celui des Officiers Subalternes de la Bourgeoisie, à la différence seulement que leurs Boutons, Boutonnieres & Bords de Chapeaux étoient d'Argent au lieu d'Or, & que leurs Cocardes étoient de Ruban bleu & blanc ; ils étoient tous armez de Lances & de petites Epées de même longueur.

M. de Tschudy âgé de 10. ans, Fils de M. de Tschudy, Grand Bailly de Metz, Chevalier de l'Ordre de Saint Loüis, Capitaine au Régiment Suisse de Bettan, fut choisi pour Commandant de cette petite Troupe, qui fut divisée en six Compagnies de 25. Cadets, ayant chacune à leur Tête un Capitaine & un Lieutenant.

Son Etat-Major étoit composé du Commandant, du Major, d'un Ayde-Major & de deux Garçons-Majors.

L'on distinguoit les Grades des Officiers par la largeur de leur Galon, & le Jeune Commandant brilloit encore plus par les graces dont la nature a pris plaisir de l'orner, que par l'éclat des Galons dont son Uniforme étoit surchargé.

Un petit Enseigne portoit un Drapeau de Taffetas blanc, fourni par la Ville, sur lequel étoit une Aigle peinte, voltigeant près d'un Soleil d'Or, & plusieurs Aiglons au-dessous faisant leurs efforts pour s'en aprocher, au bas desquels on lisoit cette Devise, *Optant & Sperant.*

Les Habits des Haut-Bois, Basson & Tambours, consistoient

en

en un Volant d'Etoffe bleuë, Parement rouge, Eguillette bleuë & blanche, & en un Chapeau bordé d'Argent, avec une Cocarde de Ruban bleu & blanc.

Le second Corps de Cadets composé de 253. jeunes gens de 20. à 25. ans, y compris les Officiers, tous bien facez, taillez, & de 5. pieds 5. à 6. pouces de hauteur, fut pareillement formé, habillé & armé dans six jours.

L'Uniforme de ces grands Cadets avoit été réglé dans le même gout que celui des petits, & n'en differoit qu'en ce que leurs Volans étoient d'une Etoffe bleuë, & que les Ornemens de Boutons, Boutonnieres, & Bords de Chapeaux étoient d'Or, & la Cocarde de Ruban blanc ; ils étoient armez d'un Fusil & d'une Epée, & portoient un Fourniment avec un Cordon blanc.

M. Perrin, Ecuyer, Seigneur des Almons & de la haute Vouërie de St. Marcel, Syndic de la Ville, ayant été invité par M. le Maréchal Duc de Belleisle de se mettre à la Tête de cette belle & brillante Jeunesse, & d'en accepter le Commandement, parut le premier avec son Uniforme en Habit de Drap bleu, bordé d'un Galon d'Or à Festons de trois travers de doigt de largeur, avec double rang sur les Manches & sur les Poches, en Veste de Moire d'Argent, bordée d'un pareil Galon, en Chapeau bordé de même, avec un Plumet & une Cocarde blanche, & des Guêtres blanches.

Le nombre de ces grands Cadets fut divisé en cinq Compagnies de 45. ayant chacune à leur Tête un Capitaine en pied, un Capitaine en second, un Lieutenant, un Enseigne dans les trois premieres Compagnies, & un Sous-Lieutenant dans les deux derniéres.

L'Etat-Major étoit composé de même que celui des petits Cadets, & l'on distinguoit pareillement les Grades des Officiers par la largeur des Galons dont leurs Habits & leurs Vestes de Moire blanche étoient bordez.

Ce Corps étant plus nombreux que le premier, les Magistrats lui ont fait faire trois Drapeaux ; celui de la Colonelle étoit de Taffetas blanc, orné des Armes du Roy, peintes en Or dans le milieu, & d'une grande Fleur de Lys de même aux quatre coins ; les deux autres Drapeaux étoient de Taffetas noir & blanc, à l'instar de ceux des Compagnies de la Milice Bourgeoise, rélatifs aux couleurs du Blâson des Armes de la Ville.

Leurs Haut-Bois, Basson, Cors-de-Chasse & Tambours, étoient habillez d'une Etoffe rouge, Parement bleu, Eguillette bleuë & blanche, Chapeau bordé d'Argent, Vestes, Guêtres & Cocarde blanches.   B

Les premiers soins des Commandans de ces deux Corps furent de leur faire prendre souvent les Armes, & de prier M. du Sejeal, l'un des Aydes-Major de la Place, d'avoir la bonté de montrer aux Petits les mouvemens d'Exercice dont ils devoient être instruits pour paroître devant le Roy ; à quoi ayant bien voulu se prêter pendant quatre ou cinq jours, on a eu la satisfaction de les voir marcher avec ordre, se mettre en Bataille, former la Haye, & présenter les Armes avec toute la grace que l'on pouvoit désirer.

Les grands Cadets, dont la plûpart avoient servi & qui sçavoient parfaitement l'Exercice, n'ont pas eu de peine à former ceux de leurs Camarades qui l'ignoroient, & à les mettre en état de faire toutes les Evolutions Militaires comme les Troupes reglées, ce qui a très-agréablement surpris ceux qui dès le troisiéme jour de leur Assemblée ont eu la curiosité d'aller les voir s'exercer.

L'Entrée de l'ancienne Enceinte de la Ville par la Place du Pont des Morts, & l'Entrée de l'Esplanade à l'extrêmité de la Ruë des Clercs, par où le Roi devoit passer pour se rendre au Gouvernement, étant par leur situation, les deux Emplacemens les plus convenables pour être décorez, & les plus propres pour l'erection des Trophées, qu'il avoit été reglé d'élever à la gloire de Sa Majesté, consistoient.

Sçavoir:

Sur la Place du Pont des Morts en deux Grottes couvertes de Gazons verds & de Guirlandes de Lierre, dans lesquelles étoient renfermées les Sources de deux Fontaines de Vin ; leurs Façades étoient de dix pieds de hauteur chacune sur six pieds de largeur, ornées de Peinture représentant les Bacchantes qui célébroient les Fêtes de leur Dieu : Ces Grottes étoient placées à six toises de distance de chacun des côtez de la Chauflée de ladite Place.

A dix toises desdites Grottes & à six du milieu de ladite Chauflée, étoient deux Bassins de trente pieds de diamétre, sablez dans le fond, bordez de Gazons verds, & au milieu de chacun un Jet-d'Eau de 28. pieds de hauteur, qui faisoient un spectacle des plus agréables.

A même distance de dix toises desdits Bassins, en avançant dans ladite Place, étoit un Arc de Triomphe, composé d'un grand Portique de 28. pieds de hauteur sous l'Archivolte, & de 15. de largeur dans œuvre, au milieu de quatre autres Portiques de moindre hauteur, sur lesquels étoient peintes seize Colomnes en Marbre, suportées par leurs Pieds-d'Estaux & dominées par Frises, Corniches & Entablemens dans l'ordre composite ; huit de ces Colomnes, tant du côté de la Campagne que de la Ville, étoient furmontées par huit Divinitez Payennes ayant raport au Sujet ; le Fronton du milieu étoit orné des deux côtez d'un grand Cartouche aux Armes du Roy, foutenu par deux Génies, & au-deſſus du Dôme du grand Portique étoit la Renommée plus élevée que les autres Divinitez, avec ſa Trompette & ſa Banderole, ſur laquelle étoient écrits ces mots du côté de la Campagne :

Excelſo, invicto, magnanimo
Principi LUDOVICO XV. Francorum
& Navarræ Regi Galliæ
Finium Propugnatori.

Et du côté de la Ville étoient écrits ces mots :

Regi Præpotenti.

Les Inſcriptions ſuivantes étoient en Lettres d'Or, ſur les quatre Pieds-d'Eſtaux des Colomnes du côté de la Campagne.

I

Quod Metæ novis Operibus,
Sumptu verè Regio,
Arte ſolertiſſimâ,
Inexpugnabiles effecta ſunt.

2

Quod inſubria Auſtriacis,
duplici eoque acerrimo
Certamine debellatis,
erepta eſt.

3

Quod Philippo-Burgum,
Rheno exundante,
Ampliſſimorumque Germanorum
Exercitu cominùs adſpectante,
expugnatum eſt.

4

Quod Princeps impavidus,
ſuo Ductu, fortiſſimorum Militum
animos incendens,
Oppidorum quatuor
munitiſſimas Arces,
minùs uno menſe receperit.

Les Pieds-d'Eſtaux des quatre autres Colomnes du côté de la Ville, étoient ornées de Chiffres & de Faiſſeaux d'Armes dorez.
Les deux côtez intérieurs du grand Portique, étoient décorez

de douze Emblêmes ou Dévifes, qui avoient leur aplication à la Fête du jour, & qui font repréfentez dans la premiere Planche ci-après.

Cet Arc de Triomphe avoit 45. pieds de hauteur fur 39. de largeur & 20. de profondeur; la Peinture avoit été exécutée dans le plus grand gout de l'Art, tant par les Peintres les plus habiles de Metz, que ceux de Nancy & de Luneville, que les Magiftrats avoient fait venir en pofte, pour que cet Ouvrage ne fût pas imparfait à l'arrivée du Roi.

Lefdites Fontaines de Vin, Baffins, Jets-d'Eau & Arc de Triomphe, étoient environnez de deux Amphitéatres qui formoient de chaque côté un Cirque ovale à fept rangs de gradins, deftinez pour les Dames lors du Paffage du Roi, ainfi que le tout eft repréfenté dans la feconde Planche.

La Fontaine du Moyen-Pont fut décorée des Armes du Roi & de celles de la Ville, & au-deffous étoit l'Infcription fuivante en Lettres d'Or :

Ad æternum
triumphanti
LUDOVICO XV.
fcaturit vectigalis Mofella,
Anno Domini
M. DCC. XLIV.

Cette Infcription avoit pour fuports deux Naïades, l'une repréfentant la Ville & l'autre la Mozelle.

Les Capes de bois en forme de Cône, qui couvrent les Vis & Ecroux des Grilles dudit Pont au nombre de huit, furent peintes en marbre, & formoient autant de Pyramides.

Les Fouriers de la Cour ayant dévancé l'arrivée du Roi de plufieurs jours, & ayant déclaré à l'Hôtel de Ville que Sa Majefté faifant fes Entrées à cheval dans les Villes, les Magiftrats de celles de Flandres avoient eu la précaution, pour éviter tout accident, de faire fabler les Ruës de fon Paffage ; la même précaution fut exécutée à Metz, où pour orner les Ruës, il fut ordonné qu'elles feroient tapiffées, & que celles de St. Marcel, de la Haye, les nouveaux Quays du Moyen-Pont & de Ste. Marie, les Ruës aux Sons, de Nexiruë & de la Ruë-Neuve près de la Cathédrale, feroient fermez de Gradins, en laiffant néanmoins un Paffage convenable, pour n'en pas interdire l'ufage.

La Façade de l'Hôtel de Ville étoit ornée des Armes du Roi, de la Reine & de M. le Dauphin, peintes fur Toile claire, encadrée dans un grand Chaffis, bordé de Guirlandes de Lierre,

ayant

ayant pour fuports deux autres grands Quadres bordez de même, portant chacun l'Infcription de VIVE LE ROY en Lettres d'Or, accompagnée de quantité de Faiffèaux d'Armes & de Verdure garnie de Lampions, ainfi que les derrieres defdits Quadres.

Il y avoit à chacun des côtez de la grande Porte une Fontaine de Vin ; le furplus de la Façade étoit couvert de pareille Verdure & garni d'une infinité de Lampions qui formoient des VIVE LE ROY, des Pyramides & autres Figures agréables, lefquels donnerent pendant toute la nuit une clarté fi vive, qu'on ne pouvoit rien voir de plus brillant. Cette Façade eft repréfentée fur la troifiéme Planche.

L'Arc de Triomphe à l'entrée de l'Efplanade, élevé dans l'ordre compofite comme le premier, & dont l'Emplacement, pour l'agrément des afpects, ayant exigé trois Faces, n'étoit compofé que d'un Portique de pareille hauteur de 28. pieds fous l'Archivolte ; les côtez des deux Faces de ce Portique, & ceux de la troifiéme en vûë de la Terraffe du Gouvernement, étoient ornez de Colomnades, dont les Bazes, Fûts & Chapiteaux, ainfi que les Frifes, Corniches & Entablemens, avoient été peints avec fuccès, dans le gout de l'Architecture la plus recherchée.

Quatre Figures élevées fur des Pieds-d'Eftaux, repréfentant les quatres Parties du Monde, étoient placées à fix pieds de diftance des deux côtez du Portique.

Les Chapiteaux des quatre principales Colomnes unis à l'Entablement, fuportoient quatre Divinitez Payennes, & les autres Colomnes réünies de même, fuportoient des grands Vafes remplis de Fleurs, lefquels formoient une efpece de Baluftrade autour de cet Arc de Triomphe, dont le Dôme étoit furmonté par un Hercules affommant l'Hydre, aux pieds duquel on lifoit l'Infcription fuivante :

HERCULI GALLICO
Quod immanem copiofamque
Gentium variarum multitudinem,
feu redivivam Hydram,
ferino ruentem impetu,
& intrepidè fuftineat,
& animofiùs adoriatur
Novus Alcides.

Le Fronton du Portique du côté de la Ruë des Clercs, étoit orné des Armes du Roi, foutenuës par deux Génies, & celui du côté de la Citadelle l'étoit par trois Génies fur un

C

Nuage qui élevoit le Portrait du Roi, dans une Médaille, accompagnées de la Justice & de la Prudence.

La troisiéme Face consistoit en une Perspective avec les Ornemens d'Architecture, de Proportion & de Convenance à ceux des deux autres Faces ; elle représentoit à travers d'un Portique dans le lointin d'un Paysage, différens Objets très-agréables & heureusement exécutez.

Les Parties supérieures de cette derniere Face, étoient dominées par trois grands Cartouches dorez, celui du milieu représentoit les Armes du Roi, celui de la droite, l'Inscription de VIVE LE ROY & Monseigneur LE DAUPHIN, & celui de la gauche, celle de VIVE LA REINE & LA FAMILLE ROYALE, le tout en Lettres d'Or & en très-gros Caractere, pour être aisément lû, malgré leur grande élévation.

Il y avoit aux côtez de cette Face deux Fontaines de Vin, élévées & ornées de Peinture dans le même gout que celles de l'Arc de Triomphe du Pont des Morts ; lesquelles Faces sont représentées par les quatriéme & cinquiéme Planches.

Les Faces de cet Arc de Triomphe, étoient encore embellies de plusieurs Dévises ou Emblêmes, désignées dans la sixiéme Planche.

Mr. le Marquis de Creil, Conseiller d'Etat, Intendant de cette Province, informé de l'Arrivée prochaine de Mesdames les Duchesse de Chartres & Princesse de Conty, n'eut que le tems de faire préparer son Hôtel, & d'en sortir pour les y recevoir.

L. A. S. étant arrivées le 23. Juillet, & descenduës audit Hôtel, reçûrent le lendemain chacune dans leur Apartement les Complimens de Mrs. les Députez du Parlement, au nombre de sept pour chaque Députation, M. le Président d'Augny à la Tête de celle pour Madame la Duchesse de Chartres, & M. de Cussigny à la Tête de celle pour Madame la Princesse de Conty ; L. A. S. reçûrent ensuite le Compliment du Bureau des Finances & celui du Magistrat, avec les Présens de Ville, consistant en Confitures, Mr. Simon Premier Echevin, portant la parole à cause de la vacance du Maître-Echevinat.

Mr. le Maréchal de Noailles fut loger le 28. dans la Maison de Madame de Courcelles, au petit Saulcy, les Echevins furent le complimenter & lui présenter le Vin de Ville.

Les Drapeaux neufs fournis par la Ville, tant aux deux Corps des Cadets, qu'à celui de la Bourgeoisie, ayant été délivrez le 30. Juillet, & les Commandans desdits Corps ayant obtenu de Mr. l'Evêque, la Permission de les faire bénir dans l'Eglise de St. Arnould, firent de l'agrément de Mr. de Rochecolombe, Lieutenant de Roi & Commandant de la Ville, affembler les deux Corps des Cadets fur l'Efplanade vers les 4. heures après midi, où Mr. Bachelar, ancien Echevin de l'Hôtel de Ville, & comme plus ancien Capitaine de la Milice Bourgeoife, fit pareillement trouver un Détachement de 15. Hommes de chacune des douze Compagnies.

Les Commandans & tous les Officiers dans le défir de paroître fous les Armes & de défiler devant M. le Maréchal Duc de Belleifle & Madame la Maréchale, prirent la liberté de les inviter de defcendre fur la Terraffe du Gouvernement, où ayant eu la complaifance de fe rendre, ils ont eu l'honneur de les faluer du Sponton ; Les petits Cadets marcherent les premiers; les grands enfuite, & enfin la Bourgeoifie : Et étant entrez dans cet ordre dans l'Eglife de St. Arnould, les feize Drapeaux y ont été bénis par le P. Prieur, avec toutes les Cérémonies ordinaires & accoûtumées en pareil cas.

Mefdames les Ducheffe de Chartres & Princeffe de Conty, fur le récit de plufieurs Perfonnes obligeantes en faveur des Compagnies des Cadets, ayant témoigné quelque curiofité de les voir fous les Armes, ils ne manquerent pas dès le lendemain premier Août, qu'ils en furent informez, de fe rendre en Bataille au-devant de l'Hôtel de la nouvelle Intendance, & le Commandant d'aller prendre les Ordres de L. A. S. Mefdites Dames les Ducheffe & Princeffe ; après plufieurs mouvemens d'Exercice, commandez par le Sr. Nivoy, Ayde-Major des grands Cadets, eurent la bonté d'en marquer leur fatisfaction, ainfi que Mr. le Maréchal de Noailles & Mr. fon Fils, que le bruit des Tambours & des Hautbois y avoit attirez, & qui parurent prendre plaifir à paffer dans tous les Rangs, pour examiner cette Troupe de plus près.

Le Parlement, toutes les Chambres affemblées le même jour, à caufe du renouvellement de Semeftre, ordonna que la Cour vaqueroit le 4. & qu'en réjoüiffance de l'Arrivée de S. M. ledit jour toutes les Boutiques feroient fermées.

M. le Duc de Chartres étant arrivé le 2. fut loger à la nouvelle Intendance avec Madame fon Epoufe ; Mr. le Préfident Jobal à la Tête de fix Confeillers, eut l'honneur de le complimenter le lendemain de la part du Parlement, & Mr. Simon à la Tête du Magiftrat, de lui prefenter le Vin de Ville.

M. le Comte de Clermont arrivé le 3. fut loger dans la Maifon des Srs. Paul, où il reçût pareillement le Vin de Ville;

La Milice d'une partie des Villages du Pays Meſſin, la plus à portée du Chemin que devoit tenir S. M. ayant été aſſemblée le Mardi 4. en exécution des Ordres de M. le Maréchal Duc de Belleiſle, fut placée au nombre de ſeize Bataillons avec leurs Drapeaux & Cocardes uniformes, en Bataille dans les Emplacemens les plus propres, depuis le Village de Gravelotte diſtant de deux Lieuës de Metz, juſqu'à celui de Longeville, par les ſoins de M. de Gondreville, Colonel de cette Milice, & de M. de Lapierre, l'un des Aydes-Major de Metz.

La groſſe Cloche de Mutte, apartenante à la Ville, annonça dès les ſept heures du matin aux Peuples par trois repriſes, ſonnant en volée, l'Arrivée de Sa Majeſté, & le bonheur dont ils devoient joüir de voir le même jour leur Auguſte & bon Maître.

Les quatre Bataillons de la Milice Bourgeoiſe qui avoient été ci-devant formez, étant ſortis de la Ville avec leurs Officiers & Drapeaux, furent ſe mettre en Bataille dans la Prairie, vis-à-vis la Route de Paris, entre le Ban St. Martin & le Chemin de Plappeville, qui leur avoit été deſtiné, & ainſi qu'il ſe voit ſur la ſixiéme Planche.

Les petits Cadets furent ſe ranger vers les neuf heures à l'extrémité du Glacis ſur deux lignes, à la droite de l'Entrée du Roy, & les grands Cadets à la gauche, ſur quatre rangs de hauteur.

Les Commandans & Officiers de ces deux Corps de Cadets avoient fait dreſſer pluſieurs Tentes, ſous leſquelles les Commandans donnerent la Halte aux Officiers, & les Officiers aux Cadets de chaque Compagnie.

Les Magiſtrats en Robes mi-parties rouges & noires, portant leurs Toques, prêts à ſortir de l'Hôtel de Ville pour ſe rendre à la Barriere de la Porte de France, avec un Day de Velours enrichi de Broderie en Or & des Armes du Roi, pour recevoir Sa Majeſté ſuivant l'uſage, en furent empêchez par Mr. Deſgranges, Maître des Cérémonies, qui déclara que l'intention du Roi étoit qu'on ne lui en préſentât pas; ils laiſſèrent le Day à l'Hôtel de Ville, & précédez des Violons & autres Simphoniſtes ordinaires, des Sergens, Bannerots & Meſſagers en Cazaques neuves, ornées des Armes du Roi & de la Ville, furent attendre Sa Majeſté à l'extrémité du Réduit de ladite Porte, vers les onze heures du matin.

M. le Maréchal Duc de Belleiſle, précédé de ſes Gardes & Halebardiers, tous en Habits neufs de Drap verd, bordé d'un

Galon

Galon d'Argent, & Veftes d'Ecarlatte bordées de même, fe rendit au même endroit avec M. de Rochecolombe, Lieutenant de Roi, Commandant de la Ville, un peu avant midi.

Une demie heure après ou environ, l'on entendit le bruit de quantité de Boëttes, qui fe tiroient au-deffous du Village de Chazelle, & qui annonçoient que le Roi fortoit de celui de Moulins ; à ce premier bruit en fucceda un autre de pareilles Boëttes, qui fe tiroit fur un grand Batteau orné de Mâts & Pavillons aux Armes du Roi & de la Ville, que le Sr. Delmont, Maître des Bateliers, avoit fait placer fur la Riviere de Mozelle, à la hauteur du Village de Longeville, & qui avertiffoit que Sa Majefté en fortoit.

L'on entendit un moment après, les Tambours des quatre Bataillons de la Milice Bourgeoife, qui étoit en Bataille vis-à-vis la Chauffée, battre aux champs, & l'on reconnut que le Roi y paffoit, par le Salut des Officiers & des Drapeaux.

Le Roi étant paffé entre les Files des deux Corps des Cadets, qui eurent l'honneur de lui préfenter les Armes, Sa Majefté s'arrêta pour recevoir le Compliment de M. le Maréchal Duc de Belleifle, & Mr. Defgranges, Maître des Cérémonies, ayant préfenté au Roi les Magiftrats, Mr. Simon premier Echevin, en fléchiffant le genoüil, offrit fur un Baffin d'Argent deux Clefs croifées l'une fur l'autre, artiftement travaillées, furdorées & attachées par un Cordon de Soye noir & Argent, avec des Glands de même, en difant à Sa Majefté :

S I R E,

Rien de plus glorieux & de plus heureux pour nous & pour cette Province, que l'Arrivée de V. M. en cette Ville, vous venez, S I R E, en Vainqueur y rétablir le calme que vos Ennemis fur la Frontiere avoient troublé, & raffurer vos fidéles Sujets, qui pourront deformais en fureté continuer leurs Vœux pour la Confervation de Votre Augufte Majefté ; Nous avons l'honneur, SIRE, en vous affurant de notre zéle & de notre fidelité, de préfenter à V. M. les Clefs de la Ville & les Cœurs de fes Citoyens, comme un Bien qui lui apartient.

Le Roi reçût enfuite les Clefs, & les remit à Mr. le Duc de Villeroy, Capitaine de fes Gardes.

D

S. M. étant entrée dans la Ville, trouva toutes les Rues de son Paſſage bordées des deux côtez, par les Régimens qui compoſoient la Garniſon, qui lui préſentèrent les Armes, la Bayonnette au bout du Fuſil.

L'Entrée ſe fit dans l'ordre qui ſuit, au ſon des Inſtrumens, de la Cloche de Mutte & de toutes celles de la Ville, au bruit de cent cinquante Piéces de Canon, placées ſur tous les Remparts, qui tirèrent chacune trois fois, & aux Acclamations des Peuples.

Le Prévôt, les Officiers & Archers des Bandes ouvroient la Marche.

Un Détachement de pluſieurs Gardes du Corps, ayant leurs Officiers à leur Tête, étoit précédé par les Trompettes de la Maiſon du Roi.

S. M. ſuperbement montée marchoit enſuite entre M. le Maréchal de Noailles, M. le Duc de Villeroy, Capitaine de ſes Gardes ; Elle étoit ſuivie d'un grand nombre de Seigneurs de ſa Cour.

Etant parvenuë à l'ancienne Enceinte de la Ville ſur la Place du Pont des Morts, il parut que l'Arc de Triomphe qui y avoit été élevé avec ſes Accompagnemens ſous lequel elle paſſa, avoit mérité ſon attention, ſoit par ſa Conſtruction, ſoit par la multitude des Dames qui occupoient les Gradins des deux Amphitéatres qui l'environnoient.

L'empreſſement de voir paſſer le Roi fut ſi grand, que toutes les Croiſées, même les Lucarnes des Greniers étoient remplies de deux à trois rangs de Perſonnes de hauteur, qui mêloient leurs cris de VIVE LE ROY avec ceux des Peuples qui étoient dans les Ruës.

S. M. ayant mis pied à terre ſur la Place d'Armes, & étant entrée dans la Cathédrale, trouva Mr. l'Evêque de Metz au bas de l'Eſcalier, à la Tête de Mrs. les Princier & Chanoines de ladite Egliſe, de ceux des Collégiales de St. Sauveur & de St. Thiebault, & de Mrs. les Curéz des Paroiſſes, leſquels étoient tous en Chapes.

Mr. l'Evêque préſenta l'Eau benite au Roi, & S. M. s'étant miſe à genoux ſur un Couſſin, qui fut placé par Mr. le Princier, Mr. l'Evêque donna la Relique de la vraie Croix à baiſer à S. M. & s'étant relevée, Mr. l'Evêque en Chape & Mitre, le Bâton Paſtorale à la main, eut l'honneur de la complimenter, & précédé du Clergé, de la conduire dans le Chœur où il y avoit dans le Sanctuaire un Prié-Dieu avec un Couſſin & un Fauteüil qui lui avoit été préparé, & pluſieurs Couſſins pour les Seigneurs de ſa Cour.

Le Roi étant placé, l'on chanta un Motet & le *Domine falvum fac Regem*, en Mufique.

Avant que le Roi fortît du Chœur, Mr. l'Evêque monta à l'Autel & donna fa Bénédiction.

Mr. l'Evêque précédé du Clergé reconduifit S. M. jufqu'à la Porte de l'Eglife, & feul jufqu'au Parvis.

Quoique le Chapitre comptoit que le Roi n'arriveroit que le foir, il ne laiffa pas outre un nombre infini de Bougies pofées au-devant du Tréfor qui étoit ouvert, & de Cierges, y compris ceux de la Couronne, de faire allumer encore trois mille Lampions, qui avoient été placez tant au-deffus du Sanctuaire que dans la Nef.

Le Roi étant remonté à cheval avec toute fa Suite, paffa par la Place St. Jacques, la Rüe des Clercs, fous l'Arc de Triomphe à l'entrée de l'Efplanade, & alla mettre pied à terre dans la Cour du Gouvernement, où S. M. voulut bien recevoir le Vin de Ville ; elle monta enfuite dans l'Apartement du premier Etage, qui lui étoit deftiné pour fon Logement, & qui avoit été étayé fuivant l'ufage.

Mrs. les Duc de Boüillon, Grand Chambellan, Duc de Fleury, premier Gentilhomme de la Chambre, Duc de la Rochefoucault, Grand Maître de la Garde-Robe & Duc de Villeroy, Capitaine des Gardes du Corps ; Mrs. les premier Medecin, Chirugien & autres Officiers de Service indifpenfable près de S. M. furent logez dans les differens Apartemens du Gouvernement.

Sur les deux heures après midi M. le Maréchal Duc de Belleifle fit fervir dans la premiere Piéce de l'Apartement de S. M. une Table de vingt Couverts ; Le Roi occupoit feule l'un des petits côtez parallele à la cheminée ; M. le Maréchal Duc de Belleifle étant derriere fon Fauteüil pour le fervir, S. M. le fit mettre à Table, M. le Chevalier de Geyfen, Colonel d'Infanterie, Chevalier de St. Loüis & Capitaine des Gardes de M. le Maréchal Duc de Belleifle, eut l'honneur de fervir S. M. pendant tout le Repas ; les dix-neuf autres Couverts furent occupez par les Princes, Grands Officiers de la Couronne & autres Seigneurs ci-après nommez & placez dans l'ordre fuivant.

LE ROY.

A la droite. *A la gauche.*

M. le Duc de Chartres.

M. le Maréchal Duc de Belleiſle.

M. le Duc d'Ayen, Maréchal de Camp, Ayde de Camp du Roi.

M. le Duc d'Aumont, Maréchal de Camp, Ayde de Camp du Roi.

M. le Prince de Soubize, Capitaine des Gendarmes de la Garde, Ayde de Camp du Roi.

M. le Duc de la Rochefoucault, Grand Maître de la Garde-Robe.

M. le Comte de Laval, Lieutenant Général des Armées du Roi.

M. le Marquis de Balleroy, Lieutenant Général des Armées du Roi, Gouverneur de M. le Duc de Chartres.

M. le Comte de la Suze, Grand Maréchal des Logis de la Maiſon du Roi.

M. le Comte de Sourches de Monſaureaux, Grand Prévôt de l'Hôtel.

M. le Comte de Clermont, Prince du Sang.

M. le Duc de Boüillon, Grand Chambellan.

M. le Duc de Fleury, premier Gentilhomme de la Chambre.

M. le Duc d'Ozolinsky, Grand Maître de la Maiſon du Roi de Pologne.

M. le Comte de Noailles, Maréchal de Camp, Ayde de Camp du Roi.

M. l'Evêque de Metz.

M. le Comte d'Argenſon, Miniſtre & Sécrétaire d'Etat de la Guerre.

M. le Duc de Villeroy, Capitaine des Gardes du Corps.

M. le Duc de Pequigny, Capitaine des Chevaux-Légers de la Garde, & Ayde de Camp du Roi.

Le Repas fut ſervi avec la plus grande délicateſſe, ordre & ſomptuoſité, & dura deux grandes heures, pendant leſquelles S. M. montra une grande ſatisfaction & beaucoup de gayeté & d'affabilité.

L'affluence prodigieuſe de Gens diſtinguez des deux Séxes & de tous Etats, qu'il y eut pendant le Diné dans la Piéce où mangeoit le Roi, comme dans tout le reſte du Château, n'aporta aucun embarras au Service, auquel furent employez 80. Fuſiliers

commandez

commandez par quatre Sergens du Bataillon de Fontenay de Royal Artillerie, 20. Valets de Chambre donnoient à boire & servoient.

En même tems que l'on servit la Table du Roi, M. le Maréchal Duc de Belleisle avoit fait servir dans différentes Piéces de l'Apartement du Rez de Châussée du Chateau, les autres Tables suivantes :

S ç a v o i r,

Une Table de 25. Couverts pour Mrs. les Officiers des Gardes du Corps, Ecuyers, Gentilhommes ordinaires & Aumôniers du Roi.

Une de 25. Couverts pour les Gendarmes, Chevaux-Légers, Mousquétaires, &c.

Une de 20. Couverts pour les Pages du Roi.

Une de 12. Couverts pour Mrs. les Officiers des Cent Suisses de la Garde.

Une de 12. Couverts pour les premiers Valets de Chambre du Roi.

Une de 8. Couverts dans l'Apartement de Mr. le premier Medecin pour lui, le premier Chirurgien, les autres Medecins & Chirurgiens de Quartier.

Une de 8. Couverts pour le Confesseur du Roi & ses Chapelains ordinaires.

Une de 25. Couverts pour les Huissiers, Valets de Chambre ordinaires, Porte-Manteaux, & le reste des Personnes attachées au Service de la Chambre du Roi.

Une de douze pour les Maître d'Hôtel, Controlleurs, & autres Personnes principales de la Bouche & du Gobelet.

Une de 20. Couverts où mangerent 20. des Gardes du Corps, qui fut relevée par une pareille pour 20. autres Gardes.

Une de 12. Couverts où mangerent Mrs. les Officiers du Bataillon de Fontenay du Régiment de Royal Artillerie, qui montoit la Garde chez le Roi, pendant son Séjour à Metz.

Outre ces Tables différentes qui furent servies avec beaucoup d'ordre & de magnificence, il y eut encore plusieurs autres petites Tables de 4. 5. & 6. Couverts dans des Chambres particulieres, dont la délicatesse & la propreté ne laisserent rien à désirer.

La bonne Chére de toutes ces Tables fut accompagnée d'une profusion de toutes espéces de Vins Etrangers, autant propres à flatter le gout des Convives, que la vûë étoit agréablement amusée

E

des Criftaux, Caramels & Ornemens de Fleurs & de Verdures, qui formoient fur chacune des Defferts admirables.

Les Cent Suifles de la Garde eurent aufli une Table fervie dans leur Salle.

Il y en eut encore trois différentes pour les Valets de Pied, Cochers, Palfreniers & Gens de l'Ecurie.

La Fête fut couronnée par le Repas qui fut donné aux 80. Fufiliers de Royal Artillerie, fur une Table qui fut dreflée par eux dans la Baffecour du Château, où il avoit été conftruit les jours précédens quatre grandes Cuifines, qui occupoient chacune deux des Remifes, la Cuifine du Château ayant uniquement fervi pour la Table du Roi.

S. M. en fortant de Table joüa & fit la converfation dans fon Apartement.

Madame la Ducheffe de Modéne étant arrivée vers les fix heures du foir du même jour, fut loger dans la Maifon de M. de Tfchudy, Confeiller-Chevalier au Parlement; mais s'y trouvant trop éloignée du Château, S. A. en fortit deux jours après, & fut occuper celle de M. l'Abbé de la Richardie, Ruë aux Ours.

Les trois Faces de l'Arc de Triomphe placé à l'entrée de l'Efplanade, furent illuminées pendant toute la nuit, d'un nombre infini de Lampions & de Gobelets, qui formoient différentes Décorations très-agréables & très-brillantes; l'on alluma dès le commencement en figne de joye, fuivant l'ufage de la Ville, la Pile de Fagots, & en place d'un Feu d'Artifice convenable, qui n'a pu être préparé faute de tems, le Magiftrat fit tirer 250. Fufées volantes, tant doubles, d'honneur, Marquifes, que de Caiffe, quatre doubles Maffes garnies chacune de 60. gros Sauciffons, 18. Gerbes & 24. Pots à Feu, le tout environné de 66. Tourteaux gaudronnez.

Les Remparts, Baftions & Courtines de la Citadelle vis-à-vis du Château & de l'Arc de Triomphe, furent illuminez par quantité de Pots à Feu & Fafcines gaudronnées, qui faifoient à travers les Arbres un effet merveilleux.

La Maifon de M. du Bauchet, Commandant de la Citadelle, dans laquelle M. le Maréchal Duc de Belleifle & Madame la Maréchale s'étoient retirez, fut illuminée en dedans & en dehors fur fon contour d'une infinité de Lampions & de Pots à Feu.

Le Portail de la Cathédrale du côté de la Place d'Armes, & ceux des Collegiales, Abbayes, & de toutes les Eglifes de la Ville, étoient fi agréablement éclairez de Lampions, qui avoient été placez avec tant de gout, que l'on ne pouvoit s'empêcher d'en admirer l'ordre & l'éclat.

Mr. l'Evêque avoit fait décorer les principales Entrées de son Palais Episcopal de deux Portiques, aux Frontons desquels étoient peintes les Armes du Roi, les quatre Pilastres étoient ornez de Peinture émaillée de Fleurs de Lys, & avoit fait pratiquer au bas de chacun des deux Pilastres de celui du côté de l'Hôtel de Ville un Jet de Vin ; ces deux Portiques furent pareillement illuminez de quantité de Lampions pendant la nuit.

Les Façades de toutes les Maisons de la Ville étoient éclairées de différentes façons, & celles des Hôtels & des principaux Habitans n'étoient distinguées que par un plus grand nombre de Lampions & de Pots à feu ; en sorte que pendant cette nuit l'on voyoit aussi clair dans toutes les Ruës, qu'en plein midi.

La Ruë des Juifs étoit aussi distinguée des autres par un Cordon de Lampions, régnant le long du premier Etage, & par 27. Arcades de différentes figures, placées à 12. ou 15. toises de distance les unes des autres, peintes en bleu, ornées de quantité de Fleurs de Lys & d'Inscriptions de VIVE LE ROY, en Lettres Hébraïques d'un côté, & en François de l'autre, d'un Cartouche couronné au milieu, représentant d'un côté les Armes du Roi, & de l'autre deux LL en forme de Chiffre, le tout doré. Chacune de ces Arcades soutenoit au dessous des Cartouches, un grand Lustre de Cristal ou de Cuivre doré, garni de quantité de Lumieres. Les Faces de toutes les Maisons qui avoient été blanchies jusqu'à la hauteur du premier Etage, étoient décorées de Portraits du Roi, de la Reine, de M. le Dauphin, de Tableaux & de Miroirs, & au-dessous de tous étoient des Plaques de Cuivre aussi garnies de Lumieres, dont la reverberation ainsi que celle des Lustres, augmentoit infiniment l'Illumination de cette Ruë, principalement au-devant de la Synagogue, où les Juifs avoient fait pratiquer une espece de Portique peint dans le même gout que les Arcades, & garni d'une infinité de Lampions, dans le milieu duquel ils avoient fait placer le grand Quadre de leur Synagogue, qui contient la Priere qu'ils font tous les jours de Sabbath & de Fêtes Solemnelles, pour la santé & prosperité du Roi & de toute la Famille Royale. Leur grande Synagogue fut tapissée des quatre côtez, & décorée de tous les Ornemens de leur Tabernacle, qui n'y paroissent que les jours de leurs Fêtes Solemnelles.

Toutes ces Illuminations ont été réïterées dans toute la Ville le lendemain & le surlendemain, pendant lesquels le Magistrat a fait tirer pareil nombre de Fufées & de Piéces d'Artifice.

L'ufage de la Ville de Metz étant chaque jour de faire fouhaiter le bon Soir à S. M. par trois coups de la groffe Cloche de Mutte, elle fut fonnée en volée à caufe de la préfence du Roi, à trois reprifes, pendant les premiers jours, avec toutes les Cloches de la Ville.

Après que le Roi eut entendu la Meffe dans l'Eglife de St. Arnould le lendemain 5. Août, S. M. de retour au Château reçût la Vifite du Parlement, les Préfidens en Fourure, & tous avec les Confeillers en Robe rouge, ayant été introduits dans la Chambre du Roi avec les Cérémonies ordinaires; M. de Montholon premier Préfident eut l'honneur de faire à S. M. un Compliment, auquel ayant répondu gracieufement, la Compagnie s'eft retirée dans le même ordre qu'elle étoit entrée.

Le Roi fe mit enfuite à Table & dîna en Public, où une infinité de Dames de diftinction de la Ville, & autres preffées du défir de voir le Roi, furent fatisfaites.

S. M. voulant voir les nouvelles Fortifications, commença le même jour fur le foir, par la Vifite de celles de la Double Couronne de Mozelle, précédée par M. le Maréchal Duc de Belleifle, qui eut l'honneur d'en faire remarquer à S. M. le mérite & l'utilité; & étant rentrée par le Pontiffroy, elle eut le tems d'examiner encore la beauté des deux grands Corps de Cazernes, que la Ville a fait conftruire en Chambiere en 1733. pour l'Infanterie & en 1739. pour la Cavalerie, avec les Pavillons détachez, deftinez pour le Logement des Officiers.

Les Sindics des Juifs ayant été avertis dès le 5. au foir, que S. M. vouloit bien voir paffer devant elle le lendemain à midi la Cavalcade & le Char de Triomphe, qu'ils avoient préparé, fe préfenterent à l'heure indiquée, & entrerent à la Cour du Château dans l'ordre fuivant.

Le Grand Rabin & les Sindics de la Communauté des Juifs, tous à pied, en Habit & Manteau de Soye noire, & Rabats blancs, marchoient les premiers deux à deux.

Deux Viellards à cheval en Habit de Velours noire, Vefte de Drap d'Or, l'Epée à la main, précédoient trois Hautbois en Volant rouge, & 40. Viellards à longue Barbe blanche, en Habit noir, Manteau de Cérémonie pour les jours de Sabbath, en Chapeau plat & Rabat blanc; ils marchoient tous dans le même ordre que les Sindics.

Suivoit la première Compagnie à cheval, compofée de deux Trompettes en Habit rouge, de deux Officiers en Habit de Velours

Iours noir ; Vefte de Drap d'Or , & de 40. Hommes en Habit de Damas noir , Manteau de Soye noir , portant chacun un Ruban jeaune très-large en guife de Bandouliére , à laquelle étoit attaché un Cartouche reprefentant les Armes de France & de Navarre , avec l'Infcription de VIVE LE ROY ; Ils avoient tous une Cocarde de Ruban bleu & blanc à leur Chapeau fans Bord ; Les Houffes de leurs Chevaux & les Chaperons étoient uniformes d'un Drap écarlate bordé d'un Galon d'Or , & les Crins de leurs Chevaux étoient treffez de pareil Ruban que celui des Cocardes.

La Seconde Compagnie qui fuivoit étoit pareille à la premiere , à la différence feulement , qu'elle n'avoit qu'un Trompette.

Les Chantres de la Synagogue marchoient enfuite , & précedoient un Char de Triomphe , tiré par quatre grands Chevaux de Caroffe , conduit par un Cocher en Habit écarlate , & un Poftillon en Vefte de même Drap galonné en Or , & en Chapeau bordé de même , avec Plumet & Cocarde , ayant chacun des Gands blancs à Frange d'Or.

Ce Char étoit d'un gout fingulier , couvert d'un Tapis bleu femé de Fleurs de Lys & de Dauphins ; le milieu étoit orné d'une efpece d'Arche en Filigrane , formé par des Grains de Corail & de Criftal ; il y avoit au-deffus un Couffin de Velours cramoify , bordé de Galon & Frange d'Or , fur lequel étoit une Couronne Royale bien dorée , fur les côtez paroiffoient les Portraits du Roi & de la Reine , dans des Quadres compofez de pareils Grains que ceux ci-deffus ; il y avoit fur le devant une Syréne mouvante , & fur le derriere une efpéce d'Etendart reprefentant un Soleil peint & enrichi de Broderie & Franges d'Or ; & fur le contour de cet Arche on lifoit les Infcriptions en Lettres d'Or de VIVE LE ROY, LA REINE & Monfeigneur LE DAUPHIN ; les fix Muficiens & Symphoniftes qu'ils avoient fait venir d'Allemagne pour cette Cavalcade , étoient placez fur ce Char devant & derriere ladite Arche.

Quatre Ecuyers en Habit de Velours , Vefte riche , l'Epée à la main & fuperbement montez , marchoient aux côtez de ce Char , qui étoit fuivi d'une troifiéme Compagnie pareille aux deux premieres.

Deux autres Compagnies de chacune 40. jeunes gens bien montez , habillez de même que les premieres , à l'exception qu'elles ne portoient point de Bandouliére , fuivoient & fermoient la Marche. Toutes ces Compagnies avoient chacune une efpece de Banniere ou Etandart , fur lefquels étoient écrites des Loüanges pour le Roi.

F

Cette Troupe ayant défilé devant S. M. qui étoit aux Fenêtres du Château avec les Seigneurs de sa Cour, s'est rangée sur quatre de hauteur, le Char de Triomphe vis-à-vis le Roi; & le Grand Rabin avec les Sindics & les Vieillards s'étant avancez, fit à S. M. la Harangue en Hébreu, dont la traduction suit.

NOTRE TRES-PUISSANT GRAND MONARQUE ET SEIGNEUR, *dont le Trône est apuyé sur*

Pf.88.v.15.
Id. 35. v. 8.

l'équité & la justice, les Hebreux vos fidéles Sujets reposant à l'ombre de votre protection, & tolerez par grace spéciale dans le Royaume que les Rois vos Prédecesseurs & V. M. avez eu en héritage du Seigneur le Dieu d'Israël, se prosternent pour baiser la terre où sont les vestiges de votre grandeur suprême : Nous loüons

Ch. 9. v. 6.
Pf. 20. v. 2.

sans cesse le Seigneur, & lui rendons grace de ce qu'il a fait part de sa propre gloire à V. M. en vous faisant porter la marque de la principauté. C'est vers ce Seigneur le Dieu d'Israël, qui par sa toute-puissance donne la Victoire aux Rois, que nous fixons nos regards, & élevons continuellement les mains pour obtenir de lui l'élévation & l'agrandissement de la puissance de son Oint, que misericorde lui soit faite, & que le Trône de V. M. soit élevé à

Pf.17.v.51.

tel point, que les Ethiopiens viennent se prosterner devant lui, & que vos Ennemis soient réduits à mordre la terre, que tous les Rois de l'Univers vous soint soumis & toutes les Nations assujetties. Nous suplions ce même Dieu, qui autrefois envoya

Josué 5. v.
13. & 14.

son Ange pour conduire Josué, lorsqu'il marchoit à la défaite des 31. Rois de la Terre promise, de l'envoyer également pour guider les pas de V. M. & l'aider à humilier ses Ennemis ; que ce Dieu qui fit entendre un bruit terrible lorsqu'il accompagna le Roi David, qui combattoit les Philistins, veüille bien accompagner V. M. qu'il fasse fendre les nuës par l'éclat de sa présence, & qu'il en fasse sortir la foudre sur la tête de tous vos Ennemis.

L. 4. des
Roisch.19.
v. 35.

Qu'enfin ce Dieu qui par son Ange envoyé au Roi Ezéchias, & qui a exterminé 185. mille Assyriens dans une seule nuit, n'épargne pas un de ceux qui ont osé lever le bras contre V. M. Ce sont SIRE, les Vœux que nous faisons pour elle, en nous prosternant

Esther ch.
7. v. 3.

à ses pieds : J'ose la conjurer pour toute ma Nation, de vouloir bien continuer à nous proteger. Montrez-nous SIRE, votre misericorde, & accordez-nous votre assistance salutaire, puisque la clémence & la justice sont à vous. Souvenez-vous des graces que vos Augustes Prédecesseurs nous ont accordées ; nous avons sous leurs Regnes & sous leur protection passé des jours tranquiles dans votre Royaume, nous esperons SIRE, de votre bonté la

même faveur ; aussi prierons-nous celui qui ayant fait alliance avec
Israël, a promis de ne la pas rendre vaine, en élevant notre
Roi au comble de la gloire ; que la splendeur de son Trône soit
éternelle & éclate comme le Soleil ; que son Domaine s'étende
d'une Mer à l'autre jusqu'aux extrémitez de la Terre ; qu'au
digne Prince dans lequel nous avons le bonheur de voir renaître
votre Auguste Sang, le Seigneur établisse une Maison fidelle comme
il a fait à David son Serviteur, & qu'il contracte avec lui,
comme avec ce Saint Roi, une Alliance de Vie & de Paix.
AMEN.

La Harangue finie, le grand Chantre a entonné des Cantiques
& des Prieres en Hebreu, pour la prospérité & conservation
de S. M. ils ont été chantez en Musique à la mode des Juifs,
dans laquelle les Symphonistes & les Trompettes se faisoient
entendre de tems à autre.

La Musique finie, cette Cavalcade est sortie de la Cour du
Château dans le même ordre qu'elle y étoit entrée, en défilant
au-dessous des Fenêtres où étoit le Roi, qui parût avoir pris
plaisir à les voir.

Ces Juifs pour retourner à leur Quartier, passèrent par le
petit Saulcy, & défilerent devant L. A. S. Mesdames les Duchesse
de Chartres & Princesse de Conty, qui étoient sur la Galerie de
la nouvelle Intendance.

Le Roi dîna ensuite à son petit Couvert, & permit quelques
heures après, que Madame de Faure du Vigean, Abbesse de
Saint Pierre, & Madame de Druy, Abbesse de Sainte Marie,
& Mesdames les Chanoinesses de ces deux Abbayes, lui fussent
présentées ; M. le Duc de Fleury, premier Gentilhomme de la
Chambre, en fit la Cérémonie, & en les nommant suivant leur
rang, S. M. leur accorda le Salut ordinaire en pareil cas sur la
Joüe gauche, après quoi M. le Duc de Fleury les reconduisit
jusqu'à l'Antichambre.

Sur le soir le Roi étant monté à cheval avec les Seigneurs
de sa Cour, S. M. se rendit à la Porte des Allemands, où elle
trouva les Compagnies des Cadets, bordant la Haye sur deux
lignes à l'extrémité des Glacis ; étant ensuite montée sur les
Remparts du Fort de Belle Croix, elle en examina tous les
Ouvrages sur les indications de M. le Maréchal Duc de Belleisle,
& rentra dans la Ville par la Porte de Sainte Barbe, dont les
Glacis furent encore bordez par les Compagnies des Cadets ;
passa par le Retranchement de Guise & par la Rüe des Juifs,
qu'elle trouva illuminée comme il a été dit ci-devant, & bordée

des deux côtez de ceux qui avoient composé la Cavalcade du même jour. Les Chefs & les plus Riches d'entr'eux, terminerent cette Fête par des Tables ouvertes à tous les Passans, qu'ils invitoient d'entrer dans leurs Maisons pour y prendre des Rafraîchissemens, ce qui a duré pendant toute la nuit que l'Illumination a été réiterée, & elle surpassoit celle des nuits précedentes.

M. de Schmettau envoyé extraordinaire du Roi de Prusse, étant arrivé le même jour après les Portes fermées, fut descendre & loger chez Mr. de Rochecolombe, & eut audience de S. M. le lendemain matin 7. Août, après avoir été présenté par M. de Verneüil, Introducteur des Ambassadeurs.

Madame de Chavigny, Abbesse de Clairvaux, suivie des Dames de son Abbaye, ayant été présentée au Roi vers les cinq heures après midi, M. le Duc de Fleury premier Gentilhomme de la Chambre en fit la Cérémonie, en les nommant suivant leur rang, S. M. leur accorda le Salut ordinaire en pareil cas sur la Joüe gauche.

Le Roi monta ensuite à cheval avec les Seigneurs de sa Cour, & après avoir passé le nouveau Régiment Hussard de Rougrave en revüë sur l'Esplanade, S. M. se rendit sur la Place de Coislin, où elle parut contente des somptueux Edifices qui en font le contour, & qui forment les Cazernes & Pavillons, que la Ville & ses Habitans doivent aux bontez & à la munificence de feu M. de Coislin, Duc & Pair de France, Evêque de Metz. Ces Cazernes ont été construites à ses frais en 1727. & 1730. pour le soulagement du Peuple, & elles sont fermées aux quatre coins par des grandes Portes de fer doré, & Grillages magnifiques pour contenir le Soldat pendant la nuit.

S. M. alla visiter ensuite la nouvelle Fondrie près la Porte St. Thielbault, sortit par cette Porte, s'arrêta sur la hauteur du Champ-à-Pannes, où M. le Maréchal Duc de Belleisle fit voir à S. M. les Fortifications faites dans cette partie, & indiqua celles qui sont à faire, tant pour augmenter leur force du côté de la Citadelle, que pour former l'inondation de la Seille; & après être rentrée par la Citadelle au bruit du Canon, elle s'est renduë au Château.

Les Retranchemens des Vallées de Sture & de Château-Dauphin, ayant été forcez par l'Armée du Roi, commandée par M. le Prince de Conty, & les Troupes du Roi de Sardaigne qui les défendoient, ayant été défaites, M. l'Evêque de Metz en conséquence de la Lettre de Cachet dattée de Reims du 31. Juillet, pour faire chanter le *Te Deum* en action de graces,

en

en fixa le Jour au 8. ; il fut chanté avec les folemnitez ordinaires ; mais quelque difpofée que fût S. M. d'y affifter, elle en fut empêchée par un grand mal de tête accompagné de Fiévre, qui lui avoit fait paffer une mauvaife nuit ; en forte que dès ce jour la joye générale commença à fe convertir en triftefe : l'on fit feulement mettre le feu à la Pile de Fagots, & illuminer la Ville comme les jours précedens, fans Feu d'Artifice, bruit de Canon ni de Moufquetterie.

Le lendemain 9. & les jours fuivans, jufques & compris le 12. le mal de tête & l'ardeur de la fiévre ayant réfifté aux Saignées & aux Remédes, dont on avoit efperé du foulagement, l'on commença à craindre que S. M. étant confidérablement affoiblie, les fuites n'en devinffent plus dangereufes ; ce qu'ayant reconnuë, elle fe difpofa elle-même à recourir aux Secours Divins.

Pendant la nuit du 13. au 14. l'accès de fiévre étant furvenu avec des redoublemens & des maux de tête encore plus vifs que les précedens, S. M. après avoir été faignée, & étant un peu plus tranquille fe confeffa, & elle demanda enfuite le Sacré Viatique, qui fut aporté par le Sr. Dupuy, Curé de la Paroiffe St. Victor, précedé & fuivi des Princes du Sang, Grands Officiers de la Couronne, des Seigneurs de la Cour & des Officiers de Service portant des Flambeaux & des Cierges, M. le Duc de Fitzjames, Evêque de Soiffons, premier Aumônier, reçût le St. Ciboire à la Porte du Château, le porta dans la Chambre du Roi, & ayant fait une Exhortation à S. M. elle y répondit d'une maniere à prouver qu'étant pénétrée des Véritez Chrétiennes, elle n'avoit rien plus à cœur que d'en pratiquer les vertus ; elle reçût enfuite le Sacré Viatique avec la piété la plus édifiante.

Quelque grande que fût la confternation dans toute la Ville, depuis le commencement de la Maladie du Roi jufqu'à ce jour, elle devint fi accablante, qu'on ne peut en donner qu'une idée imparfaite ; les Avenuës du Château qui dès les premier jours étoient difficiles par la foule des Peuples, devinrent inacceffibles ; on les voyoit en larmes fe regarder les uns les autres fans pouvoir fe rien dire, entrer dans les Eglifes où Mr. l'Evêque avoit ordonné des Prieres & l'Expofition du St. Sacrement, fe profterner aux pieds des Autels, pour fléchir la mifericorde de Dieu, & implorer fes bontez pour la confervation des jours d'un Roi fi cher à fon Royaume.

L'on fit partir fucceffivement dans le même jour deux Couriers, pour informer la Reine des progrès de la Maladie du Roi, & que S. M. défiroit la voir.

G

La fituation du Roi devenuë plus fâcheufe le lendemain & pendant la nuit fuivante, S. M. reçût l'Extrême-Onction en connoiffance le 15. à 5. heures du matin avec la plus grande réfignation, ce qui de l'état cruel dans lequel on étoit depuis deux jours, jetta tout le monde dans l'abbattement, fur tout pendant la matinée que rien ne tranfpiroit de la Chambre du Roi, qu'on voyoit une douleur exceffive peinte fur les vifages des Princes du Sang, des Grands Officiers de la Couronne, & des Médecins & Chirurgiens qui paffoient & repaffoient dans la Cour du Château fans rien dire ; & enfin fur l'Ordre qui fut donné pendant quelques heures de ne laiffer fortir perfonne de la Ville ; c'en étoit trop pour ne pas fe perfuader que c'étoit fait des jours précieux de S. M. cependant l'on fut agréablement furpris d'aprendre quelques momens avant midy, que les Remedes qui n'avoient pas operé felon le defir des Médecins, commençoient à faire leur effet.

Cette nouvelle gracieufe répanduë fur le champ dans toute la Ville, excita de nouveau la ferveur du Peuple, il redoubla fes Prieres & fes Aumônes, & il n'y eut pas jufqu'aux Juifs qui envoyerent de l'argent dans les Communautez Religieufes pour faire prier Dieu pour la confervation du Roi.

L'on fut encore plus fatisfait quelques momens après que le Sieur de Moncharvaux, ancien Chirurgien du Régiment d'Alface, après avoir été introduit dans la Chambre du Roi, & l'avoir bien examiné, affûra qu'il avoit tout à efperer de la fituation de S. M. d'autant que les Remédes opéroient les plus heureux effets qu'on pouvoit fouhaiter.

La Maladie du Roi fut caufe que Mrs. du Parlement affifterent à la Proceffion du Vœu de Loüis XIII. en Robes noires au lieu de rouges, ainfi que tous les autres Corps & Compagnies ; cette Proceffion ne fe fit que dans l'intérieur de l'Eglife, au lieu du Tour ordinaire, fans aucun fon de Cloche. L'on dit enfuite les Priéres pour le Roi, pendant lefquelles on voyoit dans le nombre prodigieux des Affiftans une componction & un attendriffement de cœur qui marquoit la fincerité des Vœux de chacun.

L'on commença le Dimanche 16. d'efperer de ce premier fuccès des Remédes, qu'avec le bon tempéramment de S. M. & fes difpofitions à fe laiffer gouverner, on la tireroit dans peu du danger qu'elle venoit de courir ; cette efperance fe fortifia pendant le refte du jour par la diminution de la fiévre & du mal de tête.

La nouvelle de la fituation du Roi portée par tout, attira à

Metz les Princes & Princeſſes, des Cardinaux, & quantité de Seigneurs, Miniſtres, Ambaſſadeurs & Envoyez des Cours Etrangeres.

M. le Duc de Penthievre & Madame la Comteſſe de Touloufe furent des premiers, ils y arriverent le même jour 16. au ſoir, ils furent logez dans la Maiſon d'Hoſpice de l'Abbaye de Châtillon.

L'on fut ſurpris le lendemain 17. ſur les trois heures après midy, de voir arriver M. le Dauphin avec M. le Duc de Châtillon ſon Gouverneur, M. le Comte du Muy Sous-Gouverneur, M. l'Evêque de Mirepoix ſon Précepteur, & très-peu de ſuite. Le deſir dont il étoit agité, l'emporta ſur les riſques qui pouvoient ſe rencontrer ſur la Route de Verdun, & ſur les Ordres qui avoient été donnez : Il fit tant de diligence qu'il dévança de beaucoup la Reine, qui venoit par la Route de Bar, & qui n'arriva qu'un peu avant minuit ; M. le Dauphin fut deſcendre à la Maiſon Abbatiale de Saint Arnould, & la Reine dans l'Apartement du Château au rez de Chauſſée, qui prend jour ſur la Terraſſe & ſur le Jardin du Château ; la Reine eut la ſatisfaction de voir le Roi pendant quelques momens ; mais elle ne fut point accordée à M. le Dauphin, dans la crainte qu'il n'y eût de la malignité dans la Fiévre du Roi.

M. le Bailly de Froulay, Ambaſſadeur de Malte, qui étoit arrivé le 12. fut loger chez M. le Preſident Muzac, & eut l'honneur le 18. de ſaluer la Reine & M. le Dauphin.

Le Prince d'Ardore, Ambaſſadeur de Naples, M. Doria, Envoyé de Genes, & M. Durini, Nonce du Pape, étant arrivez le même jour 18. le premier fut loger chez M. Hillaire. Echevin de l'Hôtel de Ville, le ſecond chez M. d'Araincourt, Procureur du Roi du Bureau des Finances, & le troiſiéme chez M. de Pierreville, Rüe de la Haye.

La Reine entendit la Meſſe dans la Chambre du Roy, & ſe rendit ſur le ſoir avec M. le Dauphin avec leurs Gardes & Suite ordinaire à l'Egliſe Cathédrale ; ils aſſiſterent aux Prieres publiques, & reçûrent la Bénédiction : Les Cérémonies de leur Entrée & Sortie de cette Egliſe furent les mêmes que celles qui ont été obſervées pour le Roi, à la différence que M. l'Evêque & ſon Clergé n'étoient pas en Chapes, que le Bois de la vraye Croix ne fut pas preſenté, qu'il n'y eut pas de Lampions, & que M. l'Evêque à cauſe de la préſence du St. Sacrement ne reconduiſit pas.

Le Prince del Campo Florido, Ambaſſadeur d'Eſpagne, &

M. de Chambrier, Plenipotentiaire du Roi de Prusse, arriverent le 19. le premier fut loger chez M. de Schlincourt Pere, Conseiller au Parlement, & le second dans la Maison de Madame Bertrand, Place St. Loüis.

Mesdames de France extrêmement inquiettes de la Maladie du Roi, qui devoient suivant les Ordres donnez rester à Verdun, s'étant avancées jusqu'à Mars-la-Tour, en reçûrent de S. M. dans ce Village de retourner à Verdun.

La Reine entendit le même jour 19. la Messe au Château, & n'en sortit que pour assister aux Prieres publiques dans l'Eglise de Saint Arnould ; Les Religieux en Chape avec la Croix & l'Eau benite, vinrent la recevoir à la Porte, lui presenter de l'Eau benite, la conduisirent au Chœur, & la précéderent à sa sortie.

Quoique la situation du Roi depuis le 15. époque des plus grandes allarmes, eut parû prendre le dessus, & s'améliorer successivement, les Medecins ne crurent pas pour satisfaire au desir des Peuples, pouvoir les assûrer avant le 20. d'une Convalescence certaine, mais elle fut confirmée par le Compliment de M. Dumoulin, fameux Medecin de Paris, qui dit à S. M. qu'il étoit heureux de n'être venu à Metz que pour l'assûrer qu'elle n'auroit pas besoin de lui, & c'est ce qui détermina M. le Duc d'Orléans qui étoit arrivé la veille, de retourner promptement à Paris y tranquiliser les Peuples, & les assûrer que S. M. étoit hors de danger. Cette heureuse nouvelle fut portée à l'Armée par Mrs. les six Aydes de Camp du Roi, qui partirent en poste la nuit suivante.

Les empressemens de M. le Dauphin pour entrer dans la Chambre du Roi, & ceux de Mesdames de France de se rendre à Metz, ayant sçû fléchir & faire révoquer les Ordres qui avoient été donnez, M. le Dauphin eut la permission de voir le Roi pendant un instant ; & Mesdames de France après être descenduës dans la Maison de M. le President Jobal, qui leur étoit destinée, eurent la même satisfaction.

M. de Bernestorff, Envoyé de Dannemarck, & M. le Comte de Losse, Envoyé du Roi de Pologne, Electeur de Saxe, étant arrivez le 21. le premier fut loger chez M. d'Ancerville, President au Presidial, & le second chez M. Dulac de Montreau.

Mademoiselle vint descendre le même jour dans la Maison des Sieurs Paul, Entrepreneurs des Fortifications.

Madame la Duchesse de Luines ayant presenté à la Reine Mesdames les Abbesses & Chanoinesses de St. Pierre & de Ste.

Marie

Marie, elles eurent l'honneur de saluer S. M & de lui baiser le bas de la Robe : Elles ont ensuite été présentées à M. le Dauphin, qui suivant l'usage leur a donné le salut sur la Joüe gauche, & de là elles ont pareillement été présentées à Mesdames de France, & leur ont baisé le bas de la Robe.

Le 22. Mrs. les Ambassadeurs ayant desiré de feliciter S. M. sur sa Convalescence, M. de Verneüil, Introducteur, eut ordre de les faire entrer sur le soir, & le Roi étant sur son Lit, reçût leurs Complimens; ils allerent ensuite en marquer leur joye à la Reine, à M. le Dauphin & à Mesdames de France.

Le 23. M. le Comte de Wacktendonck, Grand Chambellan de l'Electeur Palatin, eut audience de S. M.

Les Dames de l'Abbaye de Clairvaux, Madame l'Abbesse à leur tête, ayant été presentées à la Reine par Madame la Duchesse de Luynes, elles eurent l'honneur de baiser le bas de la Robe de S. M. Elles allerent ensuite rendre leurs devoirs à M. le Dauphin, qui les honora du Salut sur la joüe gauche; & le lendemain elles furent presentées à Mesdames de France, dont elles baiserent pareillement le bas de la Robe.

La Reine alla ce même jour 23. entendre les Vêpres à l'Eglise de l'Abbaye Royale de Sainte Glossinde dans le Chœur interieur des Dames; & après avoir visité la Maison, Madame Hottmann Abbesse, présenta une Collation à S. M. & la suplia de permettre que les Dames de son Abbaye eussent l'honneur de luy baiser le bas de la Robe, ce qui fut accordé, en les nommant les unes après les autres.

M. le Comte de Spada, Envoyé de la Cour de Commercy, fut introduit dans la Chambre du Roi le 24. & complimenta S. M. sur sa Convalescence de la part de S. A. R. Madame la Duchesse Doüairiere de Lorraine.

Le Parlement en Corps vint sur le midy en Robes rouges, Mrs. les Presidens en Fourrures, rendre ses respects à la Reine, & ensuite à M. le Dauphin sans Fourrures, avec les mêmes Cérémonies qui avoient été observées lorsque cette Cour fut rendre ses devoirs au Roi.

Le même jour sur le soir le Parlement fut aussi rendre ses respects à Mesdames de France, par Députez au nombre de quatre Presidens & vingt-six Conseillers en Robes noires.

Les Magistrats de l'Hôtel de Ville qui suivoient Mrs. du Parlement, eurent l'honneur de rendre de même leurs devoirs à la Reine, à M. le Dauphin & à Mesdames de France.

Le lendemain 25. Fête de St. Loüis, le Roi fit célébrer la

H

Messe dans sa Chambre de grand matin, & communia par les mains de M. l'Evêque de Soissons, son Premier Aumônier.

M. Gaubier, Ecuyer, Valet de Chambre du Roi, présenta pour Bouquet à S. M. la Piéce en Vers, qui suit.

QUEL prodige nouveau vient étonner mes yeux ?
Est-ce un foudre échapé de la voute des Cieux ?
 Qui part, vole, éblouit & porte le ravage
Sur tout ce qui voudroit l'arrêter au passage ?
C'est un Héros fameux, Protecteur de nos Loix,
Le Pere de son Peuple & l'exemple des Rois.
Tout tremble devant lui, son courage invincible
Porte l'effroi par tout, & rend son Nom terrible.
Je vois de toutes parts des Ennemis vaincus,
Des Remparts renversez, des Monstres abbattus,
Son Bras victorieux & conduit par la gloire,
Semble avoir à sa suite enchaîné la Victoire.
A ces Exploits fameux, à ces faits inoüis,
Aux coups qu'il a porté, je reconnois LOUIS.
Ce Prince vertueux, moderé dans la Guerre,
Sçait arrêter le cours d'une ardeur téméraire.
Des Peuples qu'il soumet, il ne veut que le cœur ;
Il se conduit en Pere, & non pas en Vainqueur ;
Mais tandis qu'on n'entend que des cris d'alégresse,
Le plus affreux malheur nous remplit de tristesse.
Ce ROI, qui nous cherit, l'amour de ses Sujets,
Voit arrêter le cours de ses plus beaux Projets ;
Un poison dangereux se glisse dans ses veines,
Et luy fait ressentir les plus cruelles peines.
Tous ses sens sont troublez, par la fiévre agités ;
Vers luy la Mort s'avance à pas précipités.
Nous eussions vû bien-tôt par des destins contraires,
Changer nos feux de joye en flambeaux funeraires,
Mais par les plus grands maux bien loin d'être abbatu ;
C'est alors que l'on voit triompher sa vertu.
Des plus vives douleurs sentant la violence,
Il souffre sans se plaindre & sans impatience.
Dans les Temples Sacrés le Peuple consterné,
Aux pieds de l'Immortel en foule prosterné,
Embrassoit les Autels, les arrosoit de larmes,
Et conjuroit le Ciel de calmer ses allarmes.
Grand Dieu, s'écrioit-il, dans ce jour de colere,

Ne frapez que sur nous, épargnez notre Pere,
Rendez-nous ce Héros, le plus juste des Rois . . . .
Les soupirs, les sanglots entrecoupent leurs voix.
Ils implorent un Dieu qui frape & qui pardonne,
L'Eternel les entend, & du haut de son Trône,
Il daigne être sensible & répondre à leurs vœux,
Un jour serain succede à ces jours malheureux.

Tel un foible Vaisseau tourmenté par l'orage,
Par l'art du seul Pilote évite le naufrage,
Si, les flots agités d'un vent impetueux,
Une vague le couvre & le cache à nos yeux,
De la Mer en courroux nous nous croyons la proye,
Mais dès qu'il reparoît, nous recouvrons la joye;
De même un doux espoir renaît dans notre cœur,
Le Salut de LOUIS, fait seul notre bonheur.

Graud Dieu qui nous conserve une Tête si chere,
Du haut des Cieux, Seigneur, écoute ma priere,
Dans le cœur de LOUIS conserve ton esprit,
Qu'il suive exactement ce que ta Loy prescrit:
À ta Religion il fut toûjours fidéle,
De son Auguste Fils il sera le modéle,
Qu'il aprenne à ce Fils que le devoir des Rois
Est de punir le crime & proteger les Loix;
Et qu'un LOUIS doit être un foudre dans la Guerre,
Dans la Paix, le bonheur & l'amour de la Terre.

La Reine informée qu'il y avoit le même jour Sermon & Bénédiction dans l'Eglise des PP. Jesuites, y assista avec M. le Dauphin & Mesdames de France; M. l'Abbé Josset, Chanoine de la Cathédrale, y prononça le Panegyrique de St. Loüis, & le finit en adressant à la Reine le Compliment qui suit.

QU'il est consolant, MADAME, pour un Ministre du Dieu vivant, d'annoncer de telles verités, lorsqu'elles sont appuyées de l'exemple & de la conduite d'une aussi grande Reine que VOTRE MAJESTE'. Depuis long-tems, MADAME, admirateur secret des Vertus dont le Tout-Puissant Vous a ornée, & des graces dont il Vous a comblée: Aujourd'huy je saisis avec ardeur l'occasion que m'offre la Providence de rendre des hommages publics à la Pieté & à la Religion de VOTRE MAJESTE'. Pieté sincere, sans faste, sans ostentation, qui peu curieuse de mériter l'aprobation des hommes, ne cherche qu'à plaire à son Dieu; Pieté enfin qui ne s'est jamais démentie.

Mais si VOTRE MAJESTE' fait tout pour la Religion, raporte tout à la Religion, a toûjours devant les yeux les grands objets de la Religion, aussi que n'a point fait pour VOTRE MAJESTE', la Religion.

Assise sur le plus beau Trône de l'Univers, Mere d'un Auguste Prince, digne Héritier de la Couronne, & qui répondant à son excellente éducation dès ses plus tendres années, est vivement persuadé que le bonheur des Peuples doit faire la principale occupation des Rois; Environnée de Princesses, votre plus douce consolation, & qui doivent un jour remplir les plus illustres destinées : Enfin, comblée des faveurs célestes, VOTRE MAJESTE' vient de recevoir la plus signalée de toutes, puisque la Religion vient de luy rendre le ROY. Oüy, la Religion : car qui pourroit méconnoître icy le Doigt de Dieu, & sa misericorde attentive sur le plus grand & le meilleur de tous les Princes ?

Grand Dieu, ne nous exposez plus à de pareilles allarmes ! notre amour pour notre ROY est assez éprouvé. Que de soupirs, que de pleurs, que de sanglots, que de vœux, que de prieres ! falloit-il ? disions-nous fondant en larmes ; falloit-il qu'il ne vînt dans l'enceinte de ces Murailles que pour exciter davantage nos regrets, que pour nous faire sentir plus vivement notre perte ? Le Bon Roi ! Le Grand Roi ! de l'extrémité du Royaume il voloit à notre secours, il venoit défendre ces Frontieres des ravages de l'Ennemi, son amour pour nous lui faisoit mépriser tous les dangers de la Guerre, toutes les intemperies de l'air, toutes les fatigues des voyages les plus longs & les plus precipités. Ah ! faut-il que nous ayons à nous reprocher sa mort, tandis que pour lui nous voudrions donner mille vies ; ainsi parlions-nous dans l'amertume de notre douleur.

Non, jamais Prince ne fut plus sincerement regretté, plus amerement pleuré, plus ardemment demandé ; & si l'Histoire lui donne un jour quelque Titre : Quel Titre mieux mérité, plus justement acquis, & qui fasse plus d'honneur à un Roi, que celui de LOUIS LE BIEN AIME' ?

Enfin, O mon Dieu ! nos larmes vous ont flechi, nos prieres vous ont desarmé ? le ROY ressuscite . . . . . Ah ! qu'il vive, qu'il vive, ce Prince, l'amour & les délices de son Peuple, sa consolation, son esperance, tout son bonheur ! qu'il vive pour la Gloire de votre Nom, l'honneur de votre Religion, la preuve de votre misericorde ! Qu'il vive, & tous nos vœux seront remplis ! Qu'il vive ! & qu'après avoir regné long-tems, glorieusement, saintement sur la terre, il regne encore dans le Ciel, où la même Couronne nous attend, & que je vous souhaite, &c.

M.

M. le Cardinal de Tencin fut defcendre fur le foir dans la Maifon Canoniale de M. Rollin, Ruë des Clercs.

La Reine fut entendre la Meffe le lendemain 26. en l'Eglife des PP. Jacobins, où elle fut reçûë avec les Cérémonies ordinaires.

Le 27. M. le Dauphin alla vifiter les Fortifications & Magazins de la Ville neuve.

M. le Comte de Charolois étant arrivé le 28. à deux ou trois heures après minuit , fut loger chez M. Chaftel de Villemont, Tréforier Provincial de l'Extraordinaire des Guerres.

M. le Duc de Chartres partit le même jour pour l'Armée d'Alface , & le Roi de Pologne Duc de Lorraine vint dîner à la Citadelle chez M. le Marêchal Duc de Belleifle , où la Reine & Mefdames de France furent l'embraffer. Le Roi de Pologne vint enfuite voir le Roi & M. le Dauphin, & alla coucher à Frefcaty , Maifon de Plaifance apartenante à Mr. l'Evêque de Metz, diftante d'une petite lieuë de cette Ville.

Le lendemain 29. le Roi de Pologne vint encore dîner chez M. le Marêchal Duc de Belleifle, voir le Roi , la Reine , M. le Dauphin & Mefdames de France ; & étant retourné de bonne heure à Frefcaty , Mefdames de France s'y rendirent , & firent compagnie à S. M. pendant quelques heures.

M. le Comte de Clermont partit avant le jour pour l'Armée d'Alface.

M. le Dauphin alla le matin fe promener au Fort de belle Croix, & l'après-dîné au Jardin du Château.

M. le Cardinal de Rohan étant arrivé le même jour au foir , fut loger à la Princerie , Hôtel du premier Dignitaire de la Cathédrale.

La Reine affifta le 30. à la Meffe de St. Victor fa Paroiffe.

M. le Dauphin & Mefdames de France fe promenerent fur le foir pendant quelque tems avec leur Cour au Jardin du Château.

La Reine alla le même jour à Vêpres & à la Bénédiction à l'Abbaye de Ste. Marie, S. M. y fut reçûë par Madame de Druy , Abbeffe , à la tête de fon Chapitre & de fes Chanoines , avec la Croix & l'Eau benite , & entra enfuite dans l'Apartement de Madame l'Abbeffe, où S. M. refta près d'une heure, reçût la Collation , & fut fervie par Madame l'Abbeffe & Mefdames les Chanoineffes.

M. le Cardinal d'Auvergne & M. Orry , Controlleur Général , vinrent defcendre , le premier dans la Maifon du Sieur l'Huillier, Capitaine Bourgeois de la Compagnie de St. Marcel , & le fecond à l'Evêché.

Le 31. la Reine alla entendre la Meffe à l'Abbaye de St. Vincent,

I

S. M. y fut reçûë comme elle l'avoit été à l'Abbaye de St. Arnould.

Le tems s'étant adouci le même jour, & ayant permis que le Roi prît l'air, S. M. parut de moment à autre aux fenêtres de fa Chambre après-midi.

Mefdames les Ducheffes de Modene, de Chartres, & Princeffe de Conty, furent à la Comedie.

M. le Miniftre de Suéde, étant arrivé le premier Septembre, fut loger dans la Maifon de M. Vaffart, Confeiller au Parlement.

La Reine fut entendre la Meffe un peu avant midi dans le Chœur interieur des Religieufes de l'*Ave Maria*, dites Sœurs-Collettes; S. M. informée de l'aufterité de la vie de ces Saintes Filles, voulut voir toute leur Maifon, & commença par leur Dortoir, gouta de leur pain dans le Réféctoir, & de leurs Légumes dans la Cuifine; paffa enfuite à la Salle des Novices, que S. M. felicita fur le bonheur de leur Vocation, en fouhaitant d'être à leur place; de là à l'Infirmerie, où étoit une Religieufe bien malade, à laquelle la Reine eut la bonté de faire une exhortation des plus tendres, pour l'engager de fuporter fes maux avec patience, & à perfeverer dans l'amour de fon Etat; S. M. voulut voir encore leurs Inftrumens de Penitence, qui confiftent en Difciplines de fer, Cilices & Haires, dont Elle fut extrêmement édifiée, & trouva qu'il y avoit en tout trop de dureté dans leur Regle, principalement d'être obligées de marcher toûjours nuds-pieds, fans fandales, même pendant l'hiver.

Mr. l'Evêque de Metz ayant reçû le même jour 31. Août une Lettre de Cachet du 29. précédent pour faire chanter le *Te Deum*, en action de graces de la Convalefcence du Roi, au jour & à l'heure qui feroient reglez de la part de S. M. par le Grand Maître, ou le Maître des Cérémonies, le jour fut fixé au 3. Septembre fuivant.

Le même jour 31. Août les Moufquetaires Noirs logés à Montigny, Village diftant de Metz d'un quart de lieuë, étant impatiens de marquer leur joye fur le retour de la fanté du Roi, furent des premiers à la faire éclater, en donnant une Fête qui fut annoncée par des décharges de quantité de Boëttes & de petits Canons, & ne cefferent pas de tirer depuis 4. heures du foir jufqu'à l'aube du jour du lendemain. M. le Marquis de Creil, pour feconder leur intention, fut charmé de leur abandonner fa Maifon de Plaifance audit Lieu; ils en firent illuminer les faces par un grand nombre de Lampions, & éclairer l'extrémité du Jardin qui donne fur la Riviere de Mozelle, de plufieurs Pyramides pareille-

ment garnies de Lampions & de Pots à feu ; le tout formoit un
spectacle gracieux en vûë du Jardin du Château & de tous les
Villages du Côteau de la Mozelle. Mademoiselle , M. le Duc de
Penthievre , Madame la Comtesse de Touloûfe & quantité de
Seigneurs & Dames attirez par le bruit continuel des Boëttes &
des petits Canons , voulurent voir cette Fête ; il y eut plus de
quatre - vingt Couverts fur plusieurs Tables , grande chere , &
Simphonie qui ne cessa qu'au point du jour fuivant.

M. Desgranges, Maître des Cérémonies, s'étant rendu le deuxiéme
Septembre au Parlement , & l'ayant invité d'assister au *Te Deum*
qui devoit être chanté le lendemain, il fut ordonné fur le Requi-
fitoire de M. le Procureur Général , que pendant ledit jour les
Boutiques feroient fermées.

Ce *Te Deum* fut annoncé le lendemain à neuf heures du matin
& à midi par le fon de la Cloche de Mutte , & de toutes celles
de la Ville ; les Régimens qui composoient la Garnison , prirent les
Armes fur les 4. heures du foir, & borderent les Ruës depuis
le Château jufqu'à la Place St. Jacques, & les Cadets Rouges &
Bleus depuis ladite Place jufqu'à la Cathédrale.

Un Détachement des Gardes du Corps s'étoit emparé de la
Cathédrale dès les deux heures après midi , & en fit fermer toutes
les Portes , à l'exception de celle du côté de la Place d'Armes ,
& M. Desgranges, Maître des Cérémonies , avoit dès la veille disposé
dans le Chœur les Places destinées pour la Reine , M. le Dauphin,
Mesdames de France , les Princes, Princesses, Seigneurs & Dames
de la Cour , & pour chacun des Corps & Compagnies qui devoient
affister à ce *Te Deum*.

Celles du Bailliage & de l'Hôtel de Ville occuperent les bas
Stalles , & une Banquette au-dessous qui leur étoient destinez.

Le Parlement fut placé des deux côtez dans le nombre des
Stalles superieurs qui leur font ordinairement réservez, lesquels
n'étant pas fuffifans pour ce jour, l'on ajoûta de Banquettes pour
doubler les Rangs ; M. le Procureur Général & M. l'Avocat Général
occuperent les deux premiers Stalles bas de la droite au-dessous de
Mrs. les Presidens ; le Greffier en Chef, le Premier Huissier & les
Clercs d'Audience étoient placez ensuite ; & au-dessous de M. le
Procureur Général étoient fes Substituts assis fur une Banquette.

Mrs. les Presidens & Tréforiers de France au Bureau des Finances
occuperent à la gauche les bas Stalles, & une Banquette au-dessous
de l'Escalier du Sanctuaire.

Mrs. les Chanoines de la Cathédrale occuperent le furplus de
leurs Stalles , & Mrs. les Chanoines de St. Sauveur & de St. Thie-

bauld , & Mrs. les Curez de la Ville étoient placez dans le furplus des Stalles inferieurs.

Les Dames de condition de la Ville & de la Province occuperent plufieurs Rangs de Banquettes que M. Defgranges , Maître des Cérémonies , leur avoit fait préparer à la gauche du Sanctuaire , depuis l'Autel du Tréfor jufqu'aux Stalles des Chanoines.

M. le Comte de Charolois , M. le Duc de Boüillon & autres Seigneurs de la Cour, Mrs. les Miniftres , plufieurs Officiers Généraux , Mr. de Rochecolombe , Lieutenant pour le Roi , Commandant de la Ville , M. le Marquis de Creil , Confeiller d'Etat , M. de Beaupré , Intendant de Champagne , & autres Perfonnes de diftinction furent fe placer fur des Banquettes de la droite , depuis l'Autel du Tréfor jufqu'à l'Eftrade de Mr. l'Evêque , & fur le premier Rang des Banquettes de la gauche.

L'un des côtez du Jubé fut occupé par M. le Duc de Penthievre , Madame la Comteffe de Touloufe & leur fuite ; l'autre par quantité de Dames de la Ville & des Villes voifines , & le milieu par la Mufique , les Timballes & les Trompettes de la Maifon du Roi.

Les Cierges de la grande Couronne d'Argent doré furent allumez à l'ordinaire.

Le Tréfor qui renferme quantité de Croix , de Reliques & d'Urnes d'Or & d'Argent , enrichies de Pierres précieufes , étoit ouvert & illuminé avec fon Autèl d'une quantité prodigieufe de Cierges & de Bougies placez dans un ordre admirable.

Le Maître-Autel fut orné de la grande Croix , des fix grands Chandeliers , & du Devant d'Autel d'Argent , & de plufieurs Girandoles garnies de Bougies.

Le Day magnifique que Meffieurs les Chanoines de la Cathédrale ont fait faire depuis peu , étoit fufpendu au-deffus du Fauteüil deftiné pour la Reine ; Ce Fauteüil & le Prié-Dieu étoient placez au milieu du Sanctuaire ; le Prié-Dieu étoit couvert d'un grand Tapis de Velours cramoify.

M. le Nonce & Mrs. les Ambaffadeurs furent placez à la gauche , à une certaine diftance du Fauteüil de la Reine.

Les trois Plians de Damas cramoify deftinez pour M. le Dauphin & pour Mefdames de France , étoient aux deux côtez un peu en arriere du Fauteüil de la Reine ; quantité de Placets étoient auffi un peu en arriere de l'alignement defdits Plians pour les Princeffes du Sang , pour les Dames du Palais , & pour les Grands Officiers de la Couronne.

Mefdames de France & M. le Dauphin arriverent fucceffivement
dans

dans le Chœur de la Cathédrale vers les cinq heures un quart ; la Reine s'y rendit immédiatement après, précédée par M. l'Evêque, en Mitre & Chape, le Bâton Pastoral à la main, qui étoit venu la recevoir à la tête du Clergé à la Porte de l'Eglise ; S. M. étoit suivie de Mesdames les Duchesse de Chartres & Princesse de Conty, de Mademoiselle, de Madame la Duchesse de Modene, des Dames du Palais & autres, qui occuperent lesdits Placets suivant leur Rang.

Mrs. les Cardinaux d'Auvergne & de Tencin, & M. de Tavannes, Archevêque de Roüen, Grand Aumônier de la Reine, qui avoient précédé S. M. étoient placez sur une Banquette à la gauche de son Prié-Dieu.

Mrs. de la Farre & de Raigecourt, Aumôniers du Roy, & M. de Fleury, Aumônier de la Reine, étoient debout à côté des Prié-Dieu & Fauteüil de S. M.

Mr. l'Evêque de Metz avec ses quatre Archidiacres tous en Chapes, après s'être agenoüillé devant l'Autel, & avoir salué la Reine, fut se placer sur une Estrade couverte d'un Tapis, & entonna le *Te Deum*, qui fut chanté par les Musiciens de la Cathédrale ; la Musique fut entremêlée de Fanfares, de Trompettes & de Timballes, de Hautbois & de Bassons.

Le *Te Deum* fini, l'on chanta les Prieres pour le Roi & pour la Paix ; après quoi la Reine, M. le Dauphin, Mesdames de France, les Princesses du Sang, les Dames du Palais, Mrs. les Cardinaux, M. le Nonce, Mrs. les Ambassadeurs, & tous les Seigneurs & Dames de la Cour sortirent de l'Eglise avec les mêmes Cérémonies, & dans le même ordre qu'ils y étoient entrez.

La Cloche de Mutte ne fut sonnée que lors de l'Entrée & de la Sortie de la Reine, de M. le Dauphin & de Mesdames de France.

Le Parlement sortit ensuite, & les autres Corps & Compagnies dans l'ordre ordinaire.

Le Magistrat fit à l'entrée de la nuit mettre le feu à la Pile de Fagots, qui avoit été placée sur l'Esplanade en vûë du Château ; l'Artifice qui étoit préparé pour ce jour, fut differé par Ordre du Roi.

La Cloche de Mutte sonna à trois reprises en volée, & M. le Maréchal Duc de Belleisle fit seulement faire trois Décharges des Canons, qui étoient placez sur les Remparts de la Ville, les plus éloignez du Château ; l'on ne tira point ceux de la Citadelle, à cause de la proximité, dont le bruit auroit pû incommoder S. M.

K

L'Arc de Triomphe de l'Esplanade fut illuminé avec plus d'éclat que les premieres fois ; l'Illumination de la Courtine & des Bastions de la Citadelle paralléles au Château & audit Arc de Triomphe, fut augmenté d'un Cordon de Lampions fur toute fon étenduë, ce qui avec les Pyramides de Lampions, qu'avoient imaginées Mrs. les Officiers du Bataillon Royal Artillerie de Fontenay, de Garde au Château, qu'ils avoient fait placer au-devant de leurs Tentes, faifoit un effet qu'on ne pouvoit fe laffer de voir.

Toutes les autres Illuminations de la Ville dont il a été parlé cy-devant, furent réïterées & augmentées, fur tout celles des façades du Château, des Avant-Cour & Arriere-Cour de l'Abbatial de St. Arnould, du contour de la Maifon de M. le Prefident Jobal, que le Magiftrat avoit pris foin de faire illuminer, avec celles des Hôtels où étoient logez L. A. S. Mefdames les Duchefſe de Chartres & Princefſe de Conty, M. le Maréchal de Noailles & les Miniftres. Mrs. les Ambaffadeurs & Miniftres Etrangers firent pareillement illuminer le devant des Maifons qu'ils occupoient, tant en Flambeaux de Cire blanche, Lampions, que Pots à feu, repréfentant des Portiques & des Pyramides.

Mrs. les Députés de la Ville de Paris ajoûterent deux Fontaines de Vin à leur Illumination, qui étoit dans le même goût que celles cy-defſus.

M. le Maréchal Duc de Belleifle fit aufſi réïterer l'Illumination en dedans & en dehors de fon Logement à la Citadelle & de fes Avenuës d'une infinité de Lampions & de Pots à feu. Les Piéces des Apartemens n'étant pas fuffifantes pour le nombre des Tables qu'il fit fervir avec la plus grande propreté, & le goût le plus recherché aux Ambaffadeurs, Miniftres, Seigneurs de la Cour & autres Perfonnes de diftinction, fut obligé d'en faire placer fous une grande Tente à la Turque, qui fut dreffée dans le Jardin, & qui communiquoit heureufement aux Piéces de l'Apartement du rez de chauffée, ce qui formoit un coup d'œil des plus rares & des plus beaux.

M. de Rochecolombe, Commandant de cette Ville, fit ajoûter aux premieres Illuminations qu'il avoit fait faire lors de l'arrivée du Roi, un Cartouche au deffus de la principale entrée de fa Maifon : Ce Cartouche confiderable par fa grandeur & la beauté de fa peinture, étoit furmonté d'une Couronne Royale, bien dorée, avec leurs Tenans ordinaires ; des Trophées d'Armes bien peints & dorez, rempliffoient les vuides des deux côtez de ce Cartouche ; le tout fut illuminé avec tant de proportion & de convenance, qu'on s'arrêtoit avec plaifir pour en admirer l'ordre.

Les Frontispices de toutes les Eglifes , du Palais Epifcopal ,
des Abbayes , des Hôtels , & les Façades du Palais , du Préfidial ,
de l'Hôtel de Ville , de celui des Juges Confuls , de la Salle
commune des Marchands Tanneurs , & de toutes les Maifons de
la Ville, furent illuminez de même qu'ils l'avoient été pendant les
premiers jours de l'arrivée du Roi , la plûpart avec augmentation
de Lampions , de gout & d'agrémens : Le Quartier des Juifs
fut auffi augmenté de quantité d'Infcriptions de VIVE LA
REINE , M. LE DAUPHIN & LA FAMILLE ROYALE.

La Ville de Metz ne fut jamais fi brillante, l'on n'y vît
jamais une affluence plus nombreufe de Peuples dans les Ruës
& fur les Places pendant la nuit ; une alégreffe générale plus
marquée par des cris redoublez de VIVE LE ROY, & par
des Tables bien garnies répanduës dans les differens Quartiers ,
dans des Boutiques ouvertes ou fous des Portes Cocheres ornées
de Tapifferies & d'Illuminations, aufqu'elles les Paffans étoient
invitez de prendre place, & enfin une fatisfaction fi complette ,
fuccéder aux plus vives douleurs, dont les Bourgeois furent pé-
nêtrez pendant la Maladie du Roi.

Leurs démonftrations de Joye furent fi grandes, qu'elles méri-
terent la curiofité de Mefdames de France, & des Seigneurs &
Dames de la Cour, Mefdites Dames voulurent en être les
témoins ; & après s'être fait conduire dans la plûpart des Ruës
jufqu'à celle des Juifs , en témoignerent leur fatisfaction.

Mais celle du Peuple & de tous les Corps & Compagnies,
toute parfaite qu'elle ait paruë, n'étoit point encore remplie ;
leurs empreffemens à rendre folemnellement à Dieu les actions
de graces du bienfait qu'ils venoient d'en recevoir, en furent
une premiere preuve, & le zéle qu'ils avoient de fatisfaire à
ce devoir à l'envie les uns des autres, en fut une feconde de
la fincérité & de la folidité de leur attachement & de leur
fidélité pour leur Souverain, qui ne s'eft jamais démentie d'un
inftant depuis 1552. qu'ils ont eu le bonheur d'être foumis à la
Couronne.

Les Officiers & Gardes du Corps du Roi firent dès le lendemain 4. Septembre, célébrer une Meffe dans l'Eglife des PP.
Récollets, & chanter enfuite un *Te Deum* en Plain-Chant,
entremêlé de Fanfares, des Trompettes & Timballes de leur
Corps : La Reine, M. le Dauphin & Mefdames de France y
affifterent avec les Seigneurs & Dames de la Cour.

Le même jour le Corps des Marchands de la Ville, le fit
chanter en Mufique par les Muficiens de la Cathédrale & les

Simphoniftes de la Cour, en l'Eglife Parroifiiale de St. Victor, & fit illuminer le foir le Portail des' Juges Confuls , aux deux côtez duquel il fit couler deux Fontaines de Vin , & diftribuer des Aumônes ; les Maifons de chacun d'eux furent auffi illuminées le même foir.

Le Corps des Marchands Tanneurs fit auffi chanter le *Te Deum* dans l'Eglife Parroiffiale de St. Simplice , illuminer la Façade de leur Salle commune & celles de leurs Maifons, & fit pareillement couler une Fontaine de Vin au-devant de ladite Salle, & diftribuer des Aumônes.

M. le Dauphin fut le même jour fe promener à Frefcaty.

M. le Maréchal de Noailles étant arrivé ledit jour, fut defcendre au Château & faluer le Roi , & fut loger dans la Maifon de Madame le Febvre, près la Paroiffe St. Gengoulf.

Le Roi a commencé le 5. de permettre l'entrée aux heures de fes Repas.

Le même jour 5. les Officiers des Cadets bleus firent chanter le *Te Deum* en Mufique, entremêlé de Fanfares, de Trompettes & Timballes dans l'Eglife des PP. Celeftins : La Reine , M. le Dauphin & Mefdames de France avec leurs Cours, les Princes & Princeffes , le Nonce & plufieurs Ambaffadeurs y affifterent : Tout le chœur fut illuminé d'une infinité de Cierges & de Bougies.

Le lendemain 6. en conféquence du Mandement de Mr. l'Evêque, le *Te Deum* fut chanté dans toutes les Paroiffes & Eglifes de la Ville, dont les Frontifpices furent illuminez.

Le même jour les Religieux des quatre Abbayes de St. Arnould, St. Vincent, St. Clement & St. Symphorien , Ordre de St. Benoît, chanterent auffi le *Te Deum* , & firent de pareilles Illuminations que celles des Paroiffes & autres Eglifes, en ajoûtant deux Fontaines de Vin au-devant de la principale Entrée du Couvent de St. Arnould.

M. le Baron Donop, Envoyé extraordinaire du Roi de Suéde, en qualité de Landgrave de Heffe, vint ledit jour defcendre chez M. Perolle, Place Ste. Croix.

Le lendemain 7. les Officiers & Chevaux-Legers firent chanter le *Te Deum* dans la même Eglife de St. Arnould : La Reine, M. le Dauphin & Mefdames de France, les Princes, Princeffes, Seigneurs & Dames de la Cour y affifterent.

Les quatre Huiffiers de la Chambre du Roi & les Officiers de la Garde-Robe , au lieu de faire chanter le *Te Deum* , firent habiller d'un Drap bleu trente-fix pauvres petits Garçons de la

Paroiffe

Paroiſſe St. Victor, à chacun deſquels ils firent donner Habit, Veſte, Culotte, Bas, Souliers, Chapeau, & à chacun deux Chemiſes & deux Cravattes.

Les Officiers & Gendarmes firent en même tems chanter le *Te Deum* dans l'Egliſe du Village de Longeville, où ils étoient logez, & firent des Aumônes.

Tous les Corps & Métiers de la Ville, ſans aucun excepter, firent auſſi pendant les jours ſuivans chanter le *Te Deum* dans differentes Egliſes, qu'ils firent parfaitement illuminer en dedans & en dehors, & les devans de leurs Maiſons : Et il n'y eut pas juſqu'aux Servantes des Bourgeois de la Paroiſſe St. Gorgon, qui n'ayent fait célébrer une Meſſe & chanter un *Te Deum*, & qui n'ayent fait tirer des Boëttes.

Le même jour 7. Septembre M. le Dauphin a été viſiter l'Arcenal & les Magazins de la Citadelle, & ſur la montre qu'on lui fit d'un Blé, qui y eſt dépoſé depuis l'an 1565 M. le Dauphin eut la curioſité d'en faire faire du Pain, & monta enſuite à cheval, ſortit par la Porte du Secours, examina les Ouvrages de Fortifications, qui ſont en projet entre cette Porte & celle de St. Thiebault, par laquelle il rentra dans la Ville, fut voir la nouvelle Fondrie, & ſe rendit enſuite au Château.

Le 8. Septembre, les Officiers & les Mouſquetaires Gris, qui étoient logez au Village de Borny, diſtant de cette Ville d'une lieuë, y firent chanter le *Te Deum*, & donnerent une Fête dans le même goût que celle qu'avoient donné les Mouſquetaires Noirs à Montigny ; à l'exception des Illuminations que leur pru-dence les empêcha de faire, à cauſe des Granges qui étoient remplies des Biens de la Terre.

Le Roi informé qu'un grand nombre d'Etrangers des Villes voiſines, & principalement de la Lorraine Allemande, s'étoient rendus à Metz pour voir S. M. à une Proceſſion, à laquelle on les avoit aſſurez qu'elle aſſiſteroit ce même jour, eut la complai-ſance de ſe montrer très-ſouvent aux fenêtres du Château.

Le 9. les Colonel, Capitaines & Officiers de la Milice Bour-geoiſe, firent auſſi chanter un *Te Deum* dans l'Egliſe de Saint Arnould, auquel aſſiſterent la Reine, M. le Dauphin, Meſdames de France, Princes & Princeſſes, Cardinaux, Ambaſſadeurs, Seigneurs & Dames de la Cour : Ce *Te Deum* fut chanté par les Religieux, & les Autels & le Chœur parfaitement illuminez d'une quantité conſiderable de Cierges.

M. le Dauphin alla le 10. viſiter la Ville & les Fortifications de Thionville, & revint ſur le ſoir.

La Reine alla le même jour entendre la Meffe à St. Pierre, S. M. fut reçûë à la Porte de l'Eglife par Madame de Faure du Vigean, Abbeffe, à la Tête de fon Chapitre & de fes Chanoines, avec les mêmes Cérémonies qui avoient été obfervées à l'Abbaye de Ste. Marie ; & après que le *Te Deum* fut chanté, la Reine voulut entrer dans l'Apartement de Madame l'Abbeffe, où S. M. donna aufdites Dames des marques de fes bontez, par les difcours les plus obligeans ; & Madame l'Abbeffe pour marquer fa fatisfaction, fit orner & éclairer le Portail & l'intérieur de fon Abbaye, de Peintures & d'Illuminations magnifiques.

M. l'Envoyé extraordinaire de Genes, fut loger le même jour chez M. Rabuat, Ruë Mazelle.

Les Officiers des cent Suiffes firent auffi chanter le lendemain 11. le *Te Deum* en l'Eglife de St. Arnould, auquel la Reine, M. le Dauphin, Mefdames de France, les Prînces & Princeffes, Cardinaux, Ambaffadeurs, Seigneurs & Dames de la Cour affifterent.

M. del Campo Florido, Ambaffadeur d'Efpagne, pour fignaler la part qu'il prenoit à la joye générale de la Convalefcence du Roi, fe diftingua par la magnificence de la Fête qu'il donna le 13. Septembre.

Son Excellence la commença par préfenter le Pain beni à St. Euquaire fa Paroiffe, fur plufieurs Baffins d'Argent, accompagnez de quantité de Cierges.

Elle avoit pendant les jours précédens fait préparer dans l'Eglife de St. Arnould une quantité prodigieufe de Cierges, de Bougies & de Flambeaux, non feulement dans le contour intérieur du Chœur, mais encore des Collateraux, de la Nef, du Jubé & de l'Orgue, au-devant de laquelle il avoit fait placer paraléllement à l'entrée de l'Eglife, un grand Cartouche bien peint & doré, portant cette Infcription :

D. O. M.
Rex Hifpaniarum
pro reftituta
Francorum Regi
Sanitate.

Le tout forma pendant le *Te Deum* un fpectacle des plus raviffans, dont la Reine avec toute la Cour parut pleinement fatisfaite.

Son Eccellence avoit auffi fait décorer de Peintures & d'Illuminations, les Avenuës de fon Logement placé à l'extrémité d'un Cul-de-Sac, d'environ vingt toifes de longueur, & dont

la difpofition avoit permis de pratiquer à l'entrée un premier
Arc fort élevé, pour quadrer à fa largeur ; il étoit foutenu par
deux Pilaftres & furmonté par un Cartouche repréfentant les
Armes d'Efpagne, flanqué de deux Pyramides & de plufieurs
Ornemens ; les deux côtez des Pilaftres & ceux du Cul-de-Sac,
étoient ornez de Verdure fur toute leur longeur, & garnis d'une
quantité exceffive de Lampions, qui figuroient des Arcades heureufement exécutées & artiftement imaginées ; le Portail de la
Cour à l'extrémité du Cul-de-Sac étoit couvert d'un fecond
Arc foutenu par deux Statuës, au Frontifpice duquel étoit un
grand Cartouche aux Armes de France, accompagné de differens
Ornemens & furchargé d'une infinité de Lampions : Le point de
vuë de cette entrée, pris au-devant du premier Arc, repréfentoit
une Perfpective de feu, à travers laquelle on voyoit un grand
Tableau qui la terminoit ; ce Tableau repréfentoit le Portrait
du Roi, pareillement environné de quantité de Lampions : Le
furplus des Murs de la Cour & des Bâtimens & de ceux du
Jardin fut illuminé de même. Cette Fête fe termina par un
grand Souper fomptueufement fervi fur plufieurs Tables, aux
Princes, Princeffes, Ambaffadeurs, Cardinaux, Miniftres, Seigneurs
& Dames de la Cour, & enfin par plufieurs Piéces d'Artifice,
qui furent tirées pendant le Deffert.

M. le Dauphin ayant témoigné quelque curiofité de voir ma-
nœuvrer l'Artillerie, fe rendit le 14 vers les 10 heures du matin
avec une Suite nombreufe de Seigneurs de la Cour, dans l'Ifle
de Chambiere, à l'ancienne Butte, où M. Guerin, Commandant
de l'Artillerie, & les autres Officiers avoient fait mettre plufieurs
Mortiers & Canons en Batteries ; & après les avoir fait tirer à
Bombes & Boulets avec fuccès contre les objets marquez, ils les
exercerent enfuite contre des Figures d'Hommes remplies de
paille, qui formoient un Bataillon derriere une Haye, fur lequel
ils tirerent à Cartouches & à Coups redoublez avec tant de pré-
cipitation, qu'il fembloit pendant un tems qu'on tiroit le Canon
en falve. La Compagnie des Cadets bleus fut fe mettre en
Bataille hors de la Ville, & eut l'honneur de faluer du Sponton,
& de préfenter les Armes à M. le Dauphin, lors de fa Sortie &
& de fon Retour.

La beauté du jour permit au Roi pour la premiere fois de
fortir de la Ville, & de prendre après fon Dîner le plaifir de la
Promenade dans la Plaine de Frefcaty. Cette premiere Sortie
venuë à la connoiffance des Peuples, tous accoururent fur la
Route qu'avoit tenuë S. M. & donnerent lors de fon Retour

par leurs acclamations, des démonstrations de joye dont ils étoient pénétrez.

Les Officiers du Régiment Royal Artillerie, Bataillon de Fontenay, firent chanter le même jour le *Te Deum* à St. Arnould, auquel la Reine assista avec la Famille Royale, & leur Suite ordinaire ; ils firent illuminer le soir la tête de leur petit Camp sur l'Esplanade, comme ils l'avoient fait le 3 du mois, & ajoûterent à cette Illumination quantité de Fusées.

Le 15. Septembre le Roi prit encore l'air, & choisit la même Promenade de la veille. S. M. fit baisser les Glaces de son Carosse, pour donner à l'affluence des Peuples l'agrément de le voir avec plus de satisfaction.

La Reine alla le 16. entendre la Messe dans l'Eglise des PP. Capucins, & le 17. en celle des PP. Carmes anciens ; S. M. y fut reçûë avec les mêmes Cérémonies qui avoient été observées dans les autres Eglises ; il y eut quantité de Boëttes tirées lors des Entrées & Sorties de S. M.

Le Roi fut le même jour se promener dans le Cours hors de la Porte de France, où S. M. descendit de Carosse, & fit à pied quelques tours de promenade : Le lendemain 18. S. M. prit le même exercice avec M. le Dauphin dans le Jardin du Château.

Le 19. L. A. S. Mesdames les Duchesse de Chartres & Princesse de Conty, pour n'être pas si éloignées de M. le Duc de Chartres, qui étoit parti quelques jours auparavant pour l'Armée, prirent la Route de Strasbourg.

Madame de Vazelle, Supérieure du Séminaire de la Propagation de la Foi, ayant representé à M. le Dauphin qu'elle avoit plusieurs jeunes Juives instruites dans sa Maison, & en état de recevoir le Sacrement de Baptême, M. le Dauphin voulut bien faire nommer à son nom une jeune Fille sur les Fonts Baptismaux, dont l'Extrait Baptistaire s'ensuit.

LE 19. *Septembre* 1744. *a été baptisée dans l'Eglise de notre Séminaire de la Propagation de la Foy, une Fille Juive, nommée Guittelet, Fille de Salomon de Créhange, & d'Anne ses Pere & Mere, du Village de Vantoul, près de Metz ; on lui a imposé sur les saints Fonts de Baptême le nom de Loüise-Henriette-Anne-Monique ; Elle a eu l'honneur d'avoir pour Parein Très-Haut, Très-Puissant & Excellent Prince Monseigneur Loüis Dauphin de France, représenté par Messire George-René Binet, Baron de Marchet, Mestre de Camp de Cavalerie, Goûverneur de l'Isle de Condom, & Premier Valet de Chambre de Monseigneur le Dauphin, Chevalier de l'Ordre Militaire*

litaire de St. Loüis ; Et pour Marcine Très-Haute, Très-Puissante &
Excellente Princesse Madame Henriette Premiere de France, Fille
du Roi, représentée par Madame Madeleine Gauthier de Mongival,
Premiere Femme de Chambre de Mesdames de France.

Mesdames de France après avoir entendu la Messe à St. Pierre,
entrerent dans l'Apartement de Madame l'Abbesse ; le tout se passa
avec les mêmes Cérémonies qui avoient été observées le 10. pour
la Reine.

La Reine assista le 20. à la Messe de sa Paroisse, & Mesdames
de France furent l'entendre dans le Chœur intérieur des Ursulines.

Les Commandans des Cadets ayant été avertis que la Reine vouloit bien les voir sous les Armes le même jour, les deux Corps se
rendirent sur l'Esplanade ; Et S. M. étant placée à l'extrémité de
la Terrasse du Château, environnée des Dames de la Cour, ils
eurent l'honneur de défiler devant elle, & les Officiers de saluer
du Sponton ; la Reine eut la bonté d'en marquer de la satisfaction.

Ledit jour 20. Septembre, le Prince d'Ardore, Ambassadeur du
Roi des Deux Siciles, donna une Fête aux Seigneurs & Dames de
la Cour, aux Ambassadeurs & autres Officiers de distinction ;
Son Excellence leur fit servir un Repas magnifique en plusieurs
Tables, vers les deux heures après midy ; elle fit couler deux
Fontaines de Vin pour le Public, & illuminer la Face de son
Logement, & celle de l'intérieur de la Cour d'Entrée avec les
côtez, dont l'étenduë & les dispositions lui permirent de l'orner de
Peintures, représentant des morceaux d'Architecture, dominez de
Cartouches aux Armes du Roi, accompagnez de Pyramides & de
Divinitez Payennes, entremêlez de Verdure, & le tout surchargé
d'une infinité de Lampions, qui formerent pendant toute la
nuit une Illuminination ravissante.

Le Sr. de Moncharvaux, qui pour sa retraite du Régiment
d'Alsace, avoit eu un Brevet de Lieutenant réformé à la Suite
de Metz, en reçût un de Capitaine reformé, avec 720. livres
d'Apointement, & eut l'honneur d'en remercier S. M.

Le Roi ayant réglé son Départ & ceux de la Famille Royale,
M. le Dauphin après avoir entendu la Messe en l'Eglise de St.
Arnould, partit le 21. pour Lunéville, & trouva sur sa Route
au delà de Montigny, les deux Compagnies des Cadets qui
bordoient la Haye, & qui eurent l'honneur de lui présenter
les Armes, & les Officiers de lui rendre le Salut ordinaire.

La Reine ayant été sollicitée de nommer sur les Fonts Baptismaux un jeune Juif âgé de 18. ans, qui avoit été instruit

M

dans la Maifon de la Propagation de la Foi des Hommes, eut la bonté de l'y faire tenir à fon Nom, par M. le Duc de Villars, & par Madame la Ducheffe de Villars, qui le nommerent Jofeph-Marie, le 21. Septembre.

Mefdames de France s'étant renduës le 22. à l'Abbaye Royale de Ste. Gloffinde vers les 11. heures du matin, en vifiterent les anciens & nouveaux Bâtimens, & de retour chez elles, les Chapitres de St. Pierre & de Ste. Marie, Mefdames les Abbeffès à leur Tête furent fucceffivement admis à leur fouhaiter un heureux Voyage.

La même grace fut enfuite accordée aux Dames de Clairvaux.

Le lendemain 23. Mefdames de France prirent la même Route qu'avoit pris M. le Dauphin pour Lunéville; les deux Compagnies des Cadets borderent la Haye, au-delà du Village de Montigny, & leur rendirent les mêmes honneurs qu'à M. le Dauphin.

Le Roi alla le même jour vers les 3. heures après midi prendre l'air hors de la Porte de Thionville, & fe promena pendant quelque tems à pied.

Le Parlement informé du Départ prochain du Roi, s'étant prefenté en Corps au Château le 24. à midi, pour marquer fa joye fur le Rétabliffement de la Santè de S. M. & pour lui fouhaiter un heureux Voyage, fut introduit dans la Chambre du Roi; M. de Montholon porta la parole au nom de la Compagnie, & S. M. y répondit avec les termes les plus obligeans; la Compagnie defcendit enfuite dans l'Apartement de la Reine, où S. M. la reçût avec les mêmes bontez qu'avoit fait le Roi.

Le même jour après le dîné, le Roi monta à cheval, & prit le plaifir de la promenade hors de la Porte des Allemands.

Le 25. la Reine étant allée entendre la Meffe dans l'Eglife des Religieufes Carmelites, une jeune Fille y reçût de S. M. le Voile de Sœur Converfe.

Les Magiftrats firent recommencer dès ce jour à fouhaiter le bon foir au Roi, en faifant fonner la Cloche de Mutte en volée à trois reprifes, ainfi qu'il en avoit été ufé pendant les premiers jours de l'Arrivée de S. M. ce qui a été continué jufqu'à fon Départ.

Le Roi voulant avant de joindre fon Armée d'Alface, rendre à Dieu les Actions de graces folemnelles du parfait Rétabliffement de fa Santé; & voulant à cet effet affifter en perfonne avec la Reine & toute fa Cour, au *Te Deum* que S. M. avoit ordonné pour le 27. Septembre, onze heures du matin, M. Defgranges, Maître des Cérémonies, fut la veille inviter le Parlement de s'y rendre en Corps.

Le *Te Deum* fut annoncé au Peuple ledit jour 27. à 9. heures du matin, le Parlement & les Compagnies qui y avoient été invitez, furent fe placer dans le Chœur de la Cathédrale, dans le même Ordre qui avoit été réglé pour le *Te Deum* qui fut chanté le 3. du même mois ; il y eut pareilles Illuminations, Mrs. les Ambaffadeurs, Miniftres, Seigneurs & Dames de la Cour occuperent les mêmes Banquettes à la droite & à la gauche du Maître Autel.

Les Ruës depuis le Château jufqu'à la Cathédrale, par lefquelles le Roi devoit paffer, furent bordées par les Bataillons de la Garnifon & par les deux Corps des Cadets.

Le Roi précédé & fuivi des Grands Officiers de la Couronne, de ceux de Service près de fa Perfonne, & des Détachemens ordinaires des Gardes du Corps & des cent Suiffes, fe rendit en Voiture par les Ruës bordées de Troupes à la principale Porte de la Cathédrale, & enfuite au Chœur ; S. M. alla s'agenoüiller fur le Prié-Dieu couvert de Velours cramoify, qui avoit été préparé au milieu du Sanctuaire, fur lequel un inftant après la Reine vint prendre la gauche du Roi ; les deux Fauteüils deftinez pour L. M. étoient placez fous le même Day, qui avoit paru le 3. du mois.

Mrs. les Cardinaux de Rohan & de Tencin fe placerent fur des Plians, le premier à la droite du Roi, & le fecond à la gauche de la Reine ; le furplus des Seigneurs & Dames de la Cour occuperent fuivant leur Rang, les Placets qui leur avoient été deftinez.

Mr. l'Evêque de Metz après avoir rempli les Cérémonies ordinaires, commença une Meffe baffe, & après avoir fini l'Evangile, le Livre fut porté à M. le Cardinal de Rohan, Grand Aumônier, qui le préfenta à baifer à L. M. la Mufique chanta plufieurs Motets, & la Meffe étant achevée, Mr. l'Evêque alla préfenter le Corporal à baifer à L. M. & entonna enfuite le *Te Deum*, lequel étant fini, le Roi & la Reine, après avoir reçû de l'Eau benite de M. le Cardinal de Rohan, fortirent avec toute leur Cour dans le même Ordre que L. M. étoient entrées.

La Cloche de Mutte ne fut fonnée que lors des entrées & forties du Roi & de la Reine.

Tous les Canons placez fur les Remparts de la Ville & de la Citadelle, tirerent chacun trois fois pendant que l'on chantoit le *Te Deum*.

Le Roi dîna en public, & fut quelque tems après fe promener hors des Portes de France & de Thionville.

S. M ayant differé jufqu'à ce jour de permettre aux Magiftrats de faire tirer l'Artifice, qui avoit été préparé dès le commencement du mois, en eurent la Permiffion : Ils avoient fait dreffer à cet effet un efpéce de Théâtre de 20. à 22. pieds en quarré, fur 12. de hauteur, à côté de l'Arc de Triomphe, & parallélement à la Térraffe du Château & aux Fenêtres de la Chambre du Roi.

Une Pyramide triangulaire fort élevée dans le milieu du Théâtre chargé d'une infinité de Piéces d'Artifice, étoit ornée en face du Château, d'un Cartouche portant cette Infcription, VIVE LOUIS LE BIEN AIME', la pointe de cette Pyramide fuportoit un Soleil fixe, & les deux Pyramides de chaque côté moins élevées que celle du milieu, fuportoient chacune une Girandole, le tout décoré de Peintures & chargé d'Artifices ; quatre Maffes avoient été placées aux quatre Angles du Théâtre, le furplus fut fucceffivement garni de 24. Pots à Feu, de 18. Gerbes, de 6. Fufées de table garnie, de 2. gros Pots à Aigrette, de 14. petits Pots à Aigrette, de 24. douzaines de Lances à Feu, de 6. gros Mârons, de 30. petits, de 4. douzaines de Pétards, de 2. gros & 2. petits Sauciffons volans ; il y avoit outre toutes ces Piéces d'Artifice 150. groffes Fufées volantes d'honneur, 180. Fufées à Caiffe, & 48. Fufées doubles Marquifes.

Le Sr. Adam, Artificier, qui avoit préparé une Lance à Feu garnie de papier doré, dont la Poignée étoit ornée de Velours cramoify, eut l'honneur de la préfenter au Roi pour donner le Signal à l'heure que S. M. voudroit qu'il commençât fon Artifice.

Le Signal fut donné vers les huit heures & demi, & dans l'inftant le Théâtre parut en Feu : Toutes les Piéces qui compofoient cet Artifice furent tirées avec fuccès & dans l'ordre qui convenoit pour diverfifier les objets, & donner aux Spectateurs le plus d'agrément par la variété des Corps lumineux & brillans, qu'il fit heureufement fuccéder les uns aux autres avec augmentation d'éclat, & pendant que les yeux étoient pleinement fatisfaits de cet Artifice, ils furent encore agréablement égayez par les 378. Fufées tirées par fix de minutte en minutte. L'on fit enfuite allumer le Feu de joye ordinaire : La Garnifon qui étoit fous les Armes fur l'Efplanade, fit trois Décharges de Moufquetterie alternativement avec les Canons de la Ville & de la Citadelle.

Le Sr. Delmont, Maître des Bateliers, ayant fait orner fon grand Batteau de Verdure, garnir de quantité de Lampions, de Pots à Feu, de Fufées & de Boëttes, & placer fur un des

Bras

Bras de la Riviere de Mozelle en vûë du Château, se fit entendre, & chacun prit plaisir à voir la réjoüissance qu'il donnoit.

Celle des Habitans des Villages des Côteaux de la Mozelle, assemblez autour d'un Feu considérable de Fagots, qu'ils avoient allumé à l'Hermitage du Mont St. Quentin, formoit aussi du même côté & dans le même tems un spectacle très-agréable, sur tout lors de leurs fréquentes Décharges de Mousquetterie, & qu'ils tiroient les Fusées que M. de Gondreville, leur Colonel, leur avoit fournies.

Les Magistrats de Metz firent couler ce même soir quatre Fontaines de Vin, dont deux devant l'Hôtel de Ville, & les deux autres aux côtez de l'Arc de Triomphe de l'Esplanade.

Toutes les Illuminations qui avoient été faites pendant les premiers jours de l'Arrivée de S. M. & pendant la nuit du 3. au 4. de ce mois, furent réïterées dans toute la Ville avec tant d'émulation, qu'il n'étoit pas possible de désirer qu'elle fut poussée plus loin.

Le 28. Septembre la Reine ayant entendu la Messe à l'Eglise de St. Arnould, partit avec sa Cour au bruit du Canon, & prit la Route de Lunéville, sur laquelle les deux Corps des Cadets eurent l'honneur de saluer S. M. au delà du Village de Montigny, comme ils avoient fait M. le Dauphin & Mesdames de France.

Le Roi alla entendre la Messe à l'Eglise de St. Victor sa Paroisse.

La Maison du Sr. Dosquet, ancien Echevin de l'Hôtel de Ville & Capitaine de la premiere Compagnie des Cadets bleus, ayant été trouvée la plus convenable par sa situation, sur la Place de Chambre, pour donner une Fête publique, les Officiers en firent illuminer la Façade d'une infinité de Lampions, depuis le rez de chaussée jusqu'au toit, & y donnerent un Repas somptueux avec Simphonie, où tous ceux qui jugerent à propos de s'y présenter, furent agréablement reçûs, & ils firent tirer sur ladite Place cent grosses Boëttes, qui furent réïterées quatre fois chacune.

Mr. le Marquis de Creil, Conseiller d'Etat, Intendant de cette Province, après avoir été recevoir le Roi aux Limites de son Département au-delà de Verdun, & avoir donné ses soins pour que rien ne manquât dans la Route, s'est distingué pendant le Séjour de S. M. à Metz, par la somptuosité & la magnificence ordinaire de sa Table, toûjours ouverte matin & soir à tous les Seigneurs de la Cour & à tous les Officiers de distinction : Il a

N

pareillement eu l'honneur lors du Départ de S. M. de la conduire avec les mêmes précautions au - delà de Phalsebourg jusqu'à Saverne , & ensuite de rendre les mêmes devoirs à la Reine lors de son Départ de Lunéville jusqu'à Bar.

Le 29. M. le Maréchal Duc de Belleisle dévança le Départ de S. Majesté de quelques heures , & le Roi après avoir entendu la Messe en l'Eglise de St. Arnould , & après avoir dîné , partit pour Lunéville avec toute sa Cour , au bruit du Canon. Les deux Corps des Cadets placez sur sa Route au delà du Village de Montigny , eurent l'honneur de rendre à S. M. les mêmes Saluts , qu'ils avoient rendus la veille à la Reine , & la Milice des Villages du Pays Messin , au nombre de 14. Drapeaux , faisant 2800. Hommes , qui furent placez en Bataille dans la Plaine de Frescaty , eurent le même honneur.

Quelqu'intention qu'ait eu celui qui a été chargé de laisser à la postérité , ce qui s'est passé pendant le Séjour du Roi à Metz , il avoüe que pour marquer dans l'exacte vérité , toute la joye & toute la consternation dont le Peuple a été pénétré , ses expressions sont trop foibles , mais il espere que le Lecteur qui a eu l'agrément & le chagrin d'en être le témoin , y supléra aisément , & il renvoye celui qui n'a pas vû , au Recuëil des Ouvrages de Poësie , qui se trouveront ci-après , pour le persuader qu'encore que ces Ouvrages ne soient pas d'une égale force , ils n'assurent pas moins l'amour du Peuple François pour le meilleur des Souverains.

LISTE DE MESSIEURS LES

Conseillers-Echevins & autres Officiers de l'Hôtel de Ville, en Place lors de l'Arrivée du Roi à Metz le 4. Août 1744.

ECHEVINS TITULAIRES	ECHEVINS PAR ELECTION.
M. Pierre Simon.	M. Jean-Baptiste Godefroy.
M. François Fromantin.	M. Nicolas Colson.
M. Jacques Maffet.	M. Pierre Grandjean.
M. Joseph Melard.	M. Henry Jeander.
M. Jacques-Etienne Hillaire.	. . . Place vacante.

M. Jacques-Loüis Perrin, Ecuyer, Seigneur des Almons & de St. Marcel, Sindic de la Ville.

M. Jean-François Bertrand, Substitut.

M. Charles Coullez, Sécrétaire-Greffier.

M. Jean-Pierre Sol, Receveur des Déniers Patrimoniaux & d'Octrois.   M. Nicolas Thion, ville, Grenetier & Receveur des Coupillons.   M. Jacques Oger, Inspecteur des Bâtimens.

Le S. Michel Voilat Lacour, Premier & Maître Sergent.

LISTE DES JEUNES GENS,
dont les six Compagnies des petits Cadets ont été formées.

M. DE TSCHUDY, Commandant.

Premiere Compagnie.	Seconde Compagnie.	Troisiéme Compagnie.
M. FROMANTIN l'ainé, Capitaine.	M. DOSQUET, Capitaine.	M. HILLAIRE, Capitaine.
M. CHEVALIER, Lieutenant.	M. BERNARD, Lieutenant.	M. BLAISE, Lieutenant,
M. DUCHESNE, Sous-Lieutenant.	Lalloyeau.	Dorvaux.
M. LE BRUN le cadet, Enseigne.	Camus.	Lepayen.
Fromantin le cadet.	Bennequin.	Jamin.
Mathis.	Du Breul.	Collignon.
Vesque.	Rostagna.	Jonas.
Simon.	Grandeau.	Lapierre.
Burthe.	Remy.	Maréchal.
Spol.	Lestrade.	Lépine.
Gaudré.	Grandjo.	Boislevin.
Barlet.	Guichard.	Le Lorrain.
Simony.	Dabry.	Remy.
Canaux.	Remy.	Peltre.
Chevrier.	Billotte.	Belchamp.
Chenet.	Antoine.	Sermoize.
Dufort.	Remy.	Mouzon.
Woirhaye.	Bertrand.	Mangienne.
Mathieu.	Antoine.	Freniin.
Trois Hautbois.	Demange.	Mangeot.
Un Basson.	Lorette.	Grandjean.
Deux Tambours.	Tinot.	Petri.
	Claudon.	Noiré.
	Levêque.	Delaître.
	Spol.	Viville.
TOTAL 25.	TOTAL 25.	TOTAL 25.

Quatriéme

4éme. Compagnie.	5éme. Compagnie.	6éme. Compagnie.
M. PLACIARD, Capitaine.	M. LACROIX, Capitaine.	M. BALTASAR, Capitaine.
M. LEFEBVRE, Lieutenant.	M. SCHWARTZ-HAUSEN, Lieut.	M. LABICHE, Lieutenant.
Tonard.	Nauroy.	Gregoire.
Perdrizé.	Florentin.	Sebaftien l'ainé.
Lagrange.	Launoy.	Sebaftien le cadet.
Legeay.	Méaux.	Bertaux.
Lecomte.	Leroy.	François.
Jacquin.	Sermoize.	Gallois.
Boileau.	Gamard.	Thiry.
Regnier.	Raimond.	Verdun.
Spol.	Couftaut.	Tiva.
Mathieu.	Larive.	Auburtin.
Ladrague.	Arnould.	Caye.
Lagrave.	Volmerange.	Michel.
André.	Maré.	Jaunez.
Barte.	Thorel.	Brifac.
Bertrand.	Lalance.	Barbier.
Feüillette.	Choufleur.	Guerin.
Barbot.	Aubertin.	Delaître.
Mangin.	Formé.	Meffet.
Watrin.	Eftevenet.	Michelet.
Reignier.	Lafrance.	Compan.
Pierron.	Baudoüin.	Genot.
Hocquart.	Tiercelet.	Raguet.
Marnideffe.		
TOTAL 25.	TOTAL 24.	TOTAL. 24.

ETAT-MAJOR.

M. LEBRUN l'ainé, Major.
M. MARLY, Ayde-Major.

O

LISTE DES JEUNES GENS DE LA VILLE de Metz, dont les cinq Compagnies des grands Cadets, commandées par Mr. *JACQUES - LOUIS PERRIN*, Ecuyer, Seigneur des Almons & de la Haute - Vouërie de St. Marcel, Sindic de la Ville de Metz, ont été formées, fans que leur rang puiffe donner aucune prérogative aux uns fur les autres, le zéle de tous ayant été égal.

PREMIERE COMPAGNIE.

M. DOSQUET,	} Capitaines.	M. MARC,	} Lieutenans.
M. THIONVILLE,		M. LANGE,	

M. VARIN, Enfeigne.

Les Srs. Delaître.	Grinfard.	Poinfignon.
Verpy.	Stoffel.	Colmé.
Demange.	François.	Bertrand.
Valette.	Pelletier.	Gaudré.
Simon.	Brifac.	Dofquet.
Antône.	Gaudet.	Regnier.
Barthelemy.	Daubigny.	Alexis.
Bernard.	Gachot.	Gregoire.
Lambert.	Vinot.	Larive.
Daubigny.	Geny.	Formé.
Launoy.	Panneau.	2. Corps de Chaffe.
Barthelemy.	Leclerc.	4. Hautbois.
COLLIGNON.	Mangué.	2. Tambours.
	Sauvage.	

TOTAL 50. Hommes.

DEUXIEME COMPAGNIE.

M. COUSTAUT, } Capitaines.   M. GOGUILLE, } Lieutenans.
M. VOYART,   M. HUOT,

M. BAUDESSON le cadet, Enseigne.

Les Srs. Bernard.	Remy.	Mangeot.
Philippe.	Arnould.	Gauthier.
Messin.	Bonnaventure.	Claude.
Lochon.	Emmery.	Coustaut.
Nicolas.	Lévy.	Legay.
Emmery.	Arnould.	Laseigne.
Baudesson.	Sarre.	Capdevillé.
Blouet.	Vogeain.	Girard.
Alexandre.	Marc.	Lapaume.
Remy.	Darras.	Estienne.
Marc.	Merlo.	Nassoy.
Camuset.	Lacroix.	Peltre.
Larmandier.	Viville.	Roch & Mangeot.
Burthe.	Parisot.	1. Tambour.
Stoltz.	Labiche.	Total 50. Hommes.

TROISIEME COMPAGNIE.

M. HIANT,   } Capitaines.   M. JULIEN, } Lieutenans.
M. CROISILLE,   M. BERNE,

M. HUMBERT, Enseigne.

Les. Srs Hocquard.	Laurent.	Plaisant.
Demange.	Mathieu.	Chrêtien.
Morel.	Lorette.	Collignon.
Baudet.	Pallez.	Jacquin.
Simon.	Mathieu.	Mathis.
Mathieu.	Boichegrain l'ainé.	Brouant.
Lochon.	Butin.	Spol.
Bouvy.	Wathier.	Effelin.
Lhuillier.	Brion.	Stoltz.
Peltre.	Boichegrain le cadet.	Laurent.
Chailly.	Alexandre.	Lorrain.
Noiré.	Mouzin.	Henry.
Tinot.	Merlo.	Perolle.
Gibout.	Barbé.	1. Tambour.
Bielle.	Trin.	Total 49. Hommes.

QUATRIEME COMPAGNIE.

M. BERTRAND, } Capitaines. M. FEUILLETE, } Lieutenans.
M. SEBASTIEN, }   M. LALANCE, }

Les Srs. Doüet.	Robert.	Feüillette.
Volmerange le cadet.	Roubis.	Herelle.
Bertrand.	Marine.	Lawalle.
Auburtin.	Hennequin.	Jacquin.
Colin.	Royer.	Evrard.
Bonnet.	Timbert.	Marly.
Evotte.	Gauthier.	Merlo.
Huſſon.	Volmerange l'ainé.	Bournac.
Moreau.	Hartar.	Volmerange.
Guillaume.	Georgi.	Goüet.
Bouvard.	Barbier.	Thiebauld.
Thomas.	Miromeny.	Bernard.
Langard.	Croiſille.	Touſſaint & Bertrand.
Petitjean.	Bertrand.	1. Tambour.
George.	Henry.	Total 49. Hommes.

CINQUIEME COMPAGNIE.

M. BAUDESSON, } Capitaines. M. LAMARLE, } Lieutenans.
M. MARRY, }   M. GOULLON, }

Les Srs. Meny.	Ladoucette.		Vignon.	Lepayen.
Lalance.	Didier.	Faugle.	Croiſille.	Lajeuneſſe.
Arnould.	Sebaſtien.	Bernard.	Lamotte.	Buffiere.
Humbert.	Sechehaye.	Olivier.	Germain.	Gauthier.
Mirabelle.	Bernard.	Barbé.	Launay.	Bouchotte.
Stoffel.	Auburtin.	Lagnier.	Thomas.	Armand.
Perrin.	Godeffrin.	Colſon.	Thibaut.	Vattelet.
Schmaltz.	Dorvaux.	Marry.	Chevrier.	
Lawalle. Munier.	Touſſaints. Bertrand.		1. Tambour.	
Marchand.	Hennequin.		Total 49. Hommes.	

M. COLSON, } Capitaines à la Suite.
M. DESTROGES, }

ETAT-MAJOR.

M. PEROLLE, Major.
M. NIVOY, Ayde-Major.
Les Srs. DUBUISSON & LECOMTE, Garçons-Majors.

SECURITAS ALSATIÆ · PATER PATRIÆ · PRÆVIA VICTORIA · SIC OBVIA FRANGO

MAIOR AB ADVERSIS · MUNDUM LUSTRAT RAVIT AB ORTU · SECURITAS PROVINCIARUM · IMPROVISUS ADEST

ADSERTOR SECURITATIS PUBLICÆ · LUSTRANDO FOVET ET RECREAT · STAT CURA OMNIS IN UNO · VIS ET CELERITAS

F. L. Mangin sc. P. 1744

F. L. Marigni Sc. P. 1744.

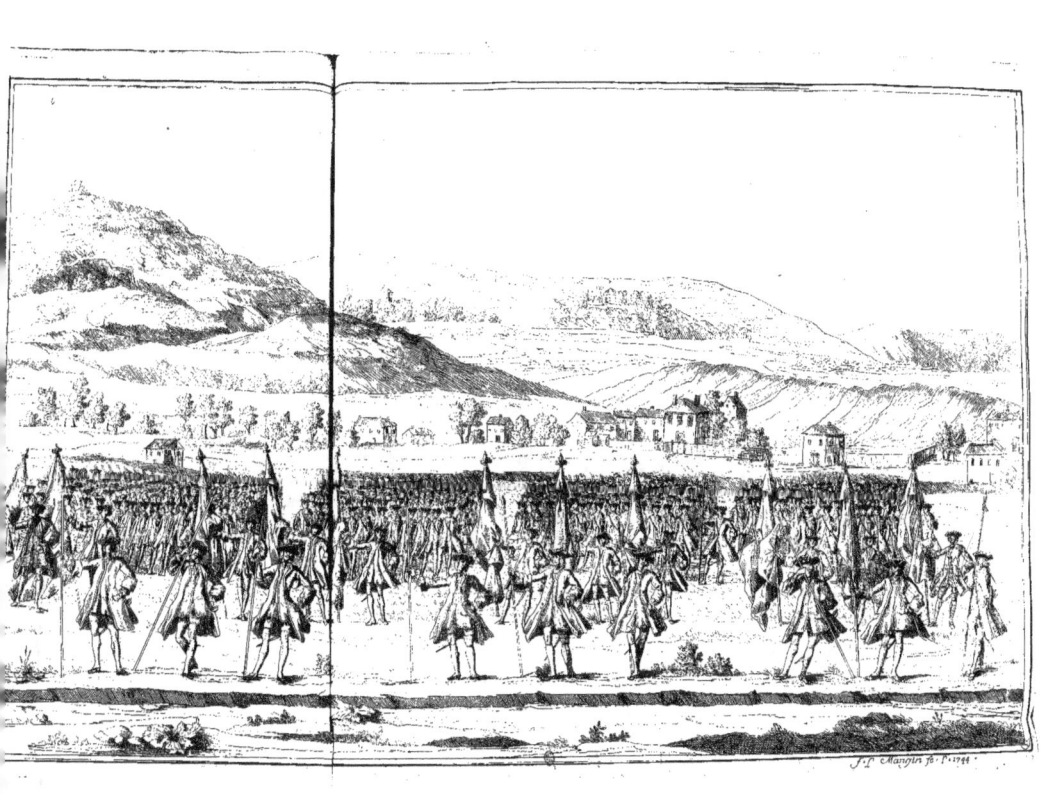

J.T. Mangin fe. P. 1744.

LÆTITIA PUBLICA

URBES ACQUIRIT EUNDO

QUÆRO PACEM ARMIS

VICTA CAPTA

REX DUX ET MILES

PAX MARTIS OPUS

VIBRATA IN SUPERBOS FULMINA

PAR VIRTUS ONERI

[UINCIT] QUEM RESPICIT HOSTEM

HAC BELLUM PACEMQUE GERO

SABAUDIA SUBACTA

IUBET SPERARE

S. Le Mangin Sc. P. 1744

RECUEIL

DE PLUSIEURS PIECES
de Poësie faite à l'occasion de la Maladie & du Rétablissement de la Santé du Roi.

ODE

TIRE'E DU PSEAUME

EXAUDIAT.

DU Grand Dieu de Jacob, noble & brillante Image,
    Prince formé selon son cœur ;
Au pied de ses Autels nous portons notre hommage,
    Pour l'attendrir en ta faveur.

    Puisse , ce juste Dieu défendre ton Empire,
Que du haut du Lieu Saint, ce soit lui qui t'inspire,
Que dans tous tes besoins, il vole à ton secours,
Et que son Nom sacré , Protecteur de ta vie ,
    Soit comme la garde choisie ,
    Qui veille au salut de tes jours.

    Que l'agréable odeur de tous tes sacrifices ,
    Les lui rende toûjours présens ;
Que sans cesse il regarde avec des yeux propices.
    Tes Holocaustes & tes Présens.

    Ton cœur est dans ses mains, ô sage Providence ,
De ce cœur généreux voit l'étenduë immense,
Puisse-t'il en remplir jusqu'aux moindres souhaits ,

P

Que par lui chaque jour tes conseils s'affermissent,
Que tous tes desseins réüiffiffent,
Qu'il couronne tous tes Projets.

Que vois-je ! l'Ennemi veut obscurcir ta Gloire.
Va Prince, anime tes Guerriers,
Quels seront nos transports, lorsqu'après la Victoire,
Tu viendras couvert de Lauriers ?

Ainsi pour notre Roi confirmant ses Oracles,
Le Seigneur, dirons-nous, prodigue ses Miracles.
C'est au Nom du Très-Haut qu'il triomphe aujourd'hui,
Nous sçavons quelle main soûtient son Diâdeme,
Comme Dieu l'a choisi lui-même,
Dieu seul veut être son apui.

Oüi, lorsqu'il te verras dans un humble Priere,
Epancher devant lui ton cœur,
Fidéle à t'exaucer du haut du Sanctuaire,
Il te tendra son bras vainqueur.

Que tes fiers Ennemis, objets de sa vengeance,
Dans leurs superbes chars mettent leur confiance.
Qu'ils menent aux Combats mille fougeux coursiers ;
Leurs chars seront brisez, leurs coursiers mis en fuite,
Et toute leur force réduite
A combattre pour leurs foyers,

Déjà t'elle est Grand Dieu ta faveur souveraine,
Ils tombent percez de nos dards,
Aidé de ton secours, notre bras les enchaîne,
Nous triomphons de toutes parts.

Poursuis, daigne à jamais nous combler de ta grace,
Lorsque comme aujourd'hui plein d'un zéle efficace,
Nos cœurs à t'invoquer signaleront leur foi,
Et si jamais, Seigneur, pour expier nos crimes,
Ta Justice veut des victimes,
Prens les Sujets, sauve le Roi.

ODE
SUR LA MALADIE
DU ROY.

DIEU! quelles lugubres images
Roule mon esprit agité !
Triste Metz, quels affreux
nuages
Noirciffent ta felicité !
Par les éclats de l'alégreffe,
Au Roi tu marquois ta tendreffe ;
Sur elle il verfoit fes faveurs,
Ciel ! tandis qu'elle fe déploie,
La mefure de notre joie
Devient celle de nos douleurs.

Du fein de la nuit éternelle,
La Parque s'avance à grand pas ;
Et dans Loüis fa main cruelle
Ouvre les germes du trépas.
Par une attaque dévorante,
Des fermens la révolte ardente
De fon fang égare le cours ;
Je vois la France confternée,
L'Eglife aux pleurs abandonnée,
Le Ciel fufpendre fes fecours.

Peuples du meilleur des Monarques,
Lifez les fecrets de fon cœur ;
De fon amour voyez les marques ;
Quels fentimens ! quelle grandeur ?
O Dieu termine ma carrière,
Si d'une fureur meurtrière
Je ne puis fauver mes Sujets.
Périffe à jamais ma mémoire,
Si les intérêts de ta Gloire
Ne font l'ame de mes projets.

Il touche à l'inftant homicide,
Où l'efprit fe ferme au repos ;
C'eft là qu'on vit plus d'un Alcide
Montrer l'Homme dans le Héros.
A la terreur inacceffible,

Loüis conferve un œil paifible ?
Que peut la Mort fur fes vertus ?
Malgré les horreurs qu'elle affemble,
Près du monument, il ne tremble
Ni d'être, ni de n'être plus.

Tout gémit ; fa mort eft publique.
Ses deftins font-ils donc remplis ?
Sous une langeur léthargique,
Ses fens reftent enfevelis.
Ses yeux, fes beaux yeux qu'on adore,
Ne reverront-ils plus l'Aurore ?
Grand Dieu ! veillez à notre fort.
Ecartez de nous les ténébres,
Ses lauriers des Cyprès funébres,
Ses jours des ombres de la mort.

Il renaît ; nos vœux s'applaudiffent ;
Ailleurs la Mort porte l'effroi :
Grand Roi, nos craintes s'éclairciffent ;
Nous renaiffons tous avec toi.
Tel qu'après la nuit paffagére,
Le Soleil fur notre Hémifphére,
Lance les feux de fon féjour ;
Tel dégagé des voiles fombres,
Qui t'enveloppoient de leurs ombres,
A tes Peuples tu rends le jour.

Il n'eft plus ce tems de trifteffe,
Où languiffoient nos cœurs flétris :
Par tout des Scénes d'alégreffe ;
Le bonheur enfante les ris.
Aux loix de l'Art le feu docile,
S'élance aux Cieux d'un aîle agile,
A nos vœux trace des fentiers.
Puiffent compter les derniers âges
Tes plaifirs par tes avantages,
Et tes Printems par tes Lauriers.

Cesse de prodiguer ta vie.
Échapé des mains d'Atropos,
Vas-tu Pere de la Patrie,
Au nôtre immoler ton repos?
Vas-tu sous l'œil de la Victoire,
Vendre encore tes jours à la Gloire?
Connois celle dont tu joüis.
Alsace tes maux vont s'éteindre,
Il n'est plus d'Ennemis à craindre,
Dès que nous craignons pour Loüis.

Sa valeur soumet les Frontiéres?
Devant lui marche la Terreur.
Son bras va lever les Barriéres,
Qu'on oppose à notre bonheur.
Loin de nous ces Tyrans sauvages,

Qui s'annoncent par des ravages,
Par le feu, le sang, les forfaits.
A regret Loüis fait la Guerre:
Ceux que fait trembler son Tonnere,
Sont rassurez par ses bienfaits.

Paix aimable, Paix qu'il respire,
Ramene tes charmes flatteurs:
Viens lui remettre ton Empire;
Sur son Régne verse tes fleurs.
Que la Discorde détrônée
De Bellone au meurtre acharnée,
Ne rallume jamais les feux.
Mars répand les maux, les allarmes;
La douce Paix tarit les larmes,
Et son Sceptre fait les heureux.

G * * *. *Chanoine Régulier.*

VERS
SUR LA MALADIE
DU ROY.

AVEC sa Faux tranchante au Palais de mon Roi,
J'ai vû la mort inexorable,
Prête à ravir les jours de ce Prince adorable,
Mon cœur étoit rempli d'effroi.
A son terrible aspect la Cour étoit en larmes,
Les Sujets consternez gémissoient en tous lieux;
Ce n'étoit que trouble & qu'allarmes,
Par tout avec ardeur on invoquoit les Cieux.
A ces cris redoublez, la Meurtriere Parque,
Recule & laisse le Monarque,
Allons vîte, dit-elle, il faut sortir d'ici;
Je ne me sens pas assez forte,
Car aujourd'hui si je l'emporte,
Il faudroit emporter tout le Royaume aussi.

STROPHES

STROPHES
SUR LA MALADIE DU ROY.

DESCENDANS des Héros, Loüis Héros toi-même,
Ta préfence fuffit pour te rendre Vainqueur ;
    On te voit, on t'adore, on t'aime,
On répéte par tout ta martiale ardeur.

    Trois Villes dans un mois conquifes par tes Armes,
Font trembler l'Ennemi fur tes nouveaux Exploits ;
    Mais s'il connoiffoit tes charmes,
Il fe croiroit heureux d'être au plus grand des Rois.

    Pour orner ton Portrait, pour augmenter ta Gloire,
Charles vient de franchir les Barrieres du Rhin :
    Sur fes Bords t'attend la Victoire,
Qui couronna ton front à Furne, Ypres & Menin.

    Vole Augufte Monarque, & diffipe l'orage,
Le Soleil a ce droit, tout cede à fon éclat :
    Nous l'attendons de ton courage,
Mais épargne tes jours précieux à l'Etat.

ODE
SUR LE RETABLISSEMENT DE LA SANTE DU ROY.

COMME une Famille plaintive
Dont les cris aux loix du trépas
Difpute l'ame fugitive
D'un Pere expirant dans fes bras,
De fa douleur à cette vûë
Victime tremblante éperduë,
Se livre aux plus mortels éfrois ;
Et du coup fatale qui s'aprète
A fraper cette chere Tête
Expire avant lui mille fois.

Telle, au bruit de ce mal funefte
Dont on vit tes jours menacés ,
Prince, que la bonté celefte
Redonne a nos vœux empreffés,
Aux pieds des Autels profternée
La France interdite, étonnée,
En proye à fa vive douleur,
Tremblant pour toi, pour elle même,
Pleuroit dans ce péril extrême
Et ton danger & fon malheur.

Q

O Ciel quelle accablante image,
Me retrace encor mon éfroi?
Quel subit & sombre nuage
A mes yeux dérobe mon Roi ?
Où sont ces regards pleins de grace
Où la douceur, la noble audace
Fixoient leur Trône tour à tour.
Cet air charmant, ce doux sourire
Qui des cœurs nés sous son Empire
Enlevoit & payoit l'amour ?

Tel que de la Bize cruelle
Nous voyons le souffle empesté
Fondre sur une fleur nouvelle
Et la faner dans sa beauté ;
Tel dans ses veines desseichées,
Le mal par des routes cachées
Faisant circuler son venin,
Aux yeux d'une Cour attendrie
Le fait, au printems de sa vie,
Déja toucher à son déclin.

Dieu, ce Roi que ta main reclame
Est le plus grand de tes bienfaits.
Tu peux en abrégeant sa trame
Punir d'un coup tous nos forfaits.
Mais à l'innocence craintive,
A la Religion plaintive
Pourras-tu ravir leur appui ?
Qu'il renaisse pour leur défense:
L'Univers, l'Europe, la France
Les verront renaître avec lui.

Voi comme en ce moment extrême
Soumis, tranquile sur son sort ;
Il s'est revêtu de toi-même
Contre les frayeurs de la mort.
Voi quels sentimens héroïques,
De sa foi gages authentiques,
Ont signalé sa piété.
Ah ! qu'il vive & que ses exemples
Assurent leur lustres à tes Temples,
A tes Loix leur autorité.

Que vois-je?…A mes yeux favorable
De ses jours sauvés du tombeau,
Déja la santé secourable
Vole, & rallume le flambeau.
O France, à la douleur en proye !
Par tes transports marque ta joye :
Tous tes maux sont évanoüis.
Qu'aux allarmes, à la tristesse
Succedent les chants d'alégresse,
Le Ciel te redonne Loüis.

O Peuples, bénissez ce gage
Des biens qui vous sont préparés ;
Ce bienfait est l'heureux présage
Du repos que vous désirés.
Non, le Ciel n'est plus infléxible :
Par l'épreuve la plus terrible
Il s'est vengé de nos forfaits ;
Esperons la fin de la Guerre,
Nos pleurs ont éteint son Tonnerre ;
Il va nous redonner la Paix.

STANCES
SUR LE RETABLISSEMENT
DE LA SANTÉ DU ROY

Tarissés-vous, larmes ameres ;
Peuples, banissés tout éfroi,
Le Ciel vous rendant votre Roi,
Vous rend le plus tendre des Peres.

Revenés, troupes fugitives,
Jeux innocens, aimable ris,

Volés, la santé de Loüis
A calmé nos ames craintives.

Trop long-tems l'affreuse tristesse
A fait, helas ! couler nos pleurs ;
Livrons enfin, livrons nos cœurs
Aux doux transports de l'alégresse.

Que les airs de chants retentiffent;
Que par tout de ces brillans feux
Que l'art fait voler jufqu'aux Cieux,
Les aftres étonnés pâliffent.

Par de facrés cantiques, France
Accours aux pieds de leurs Autels,

Rendez grace aux Immortels;
Tu dois Loüis à leur clémence.

En faifant gronder fon tonnerre,
Le Ciel a voulu t'éprouver;
Rend-toi digne de conferver
Le préfent qu'il vient de te faire.

LA CONVALESCENCE
DU ROY.

ILS font paffés ces jours de douleur & d'éfroi,
Et l'Empire François renaît avec fon Roi.
Avions-nous mérité que le courroux célefte
Fît fubir à nos cœurs cette épreuve funefte ?
Nous perdions pour jamais ce tréfor précieux,
Au moment qu'il étoit le plus cher à nos yeux.

Nos cœurs tournés vers lui dès fa plus tendre enfance
S'étoient liés encor par la reconnoiffance ;
Nos befoins en tout tems remplis, ou prévenus,
Le commerce affermi, nos voifins foutenus,
Nos champs fertilifés par une Paix profonde,
Tout immortalifoit le bienfaiateur du monde.

Mais enfin l'Univers s'eft laffé d'être heureux,
La Difcorde s'éveille, elle exhale fes feux;
La grandeur du Héros bien-tôt fe développe,
Le danger l'encourage, il fait trembler l'Europe:
Des rives de l'Efcaut, il vole aux bords du Rhin,
A la fureur impie il va donner un frein.
Ciel ! Quelle affreufe fcéne à nos regards offerte !
Là, le char de triomphe, ici, la tombe ouverte.
De funébres clameurs s'élevent jufqu'aux Cieux.
Ceffez, bruyans concerts d'un camp victorieux,
La foudre va tomber, l'inftant fatal s'avance ;
Et le coup rétentit aux deux bouts de la France.

Lévites, Magiftrats, Citoyens confternés,
Et tout fexe, & tout âge aux Autels profternés,
Attendent le fecours que leur ferveur implore :
Le jour meurt, & renaît, ils gémiffent encore.
La vieilleffe s'épuife en foupirs languiffans,
L'enfance étouffe & perd fes timides accens.
Un Peuple qu'adopta la Sageffe éternelle,
Heureux, favorifé, tant qu'il refta fidéle,
Dans fes Temples profcrits réclame les bontés

D'un Dieu, qui dès long-tems les a deshérités :
Il semble qu'à Loüis ils s'empressent de rendre
L'hommage, qu'autrefois reçût d'eux Alexandre.
Des Mortels séparés, & de culte & de loix,
Un interêt si cher a réüni les voix.

Des Remparts de Paris, ô Vierge tutélaire,
De tes Concitoiens n'est tu donc plus la mere ?
Et ce Roi dans les Cieux couronné de nos Lys,
Ne reconnoît-il plus ses Sujets & son Fils ?

Quelle nouvelle horreur nous frape, & nous accable,
L'objet le plus auguste & le plus déplorable,
Une Epouse . . . Elle part . . . Quel spectacle l'attend ?
Et toi, digne soutien de ce Trône flottant,
Tu la suis . . . Faudra-t-il craindre aussi pour ta vie ?
Ton desespoir, tes pleurs te l'ont presque ravie.
Volez, volez tous deux à ses embrassemens,
Recevez-les . . . Hélas ? Peut-être il n'est plus tems.
La nature s'éteint, l'art n'a plus de ressource ;
Nouvel Ezéchias, au milieu de sa course,
Il tombe, courageux sans faste & sans effort,
Il nous plaint, & ne craint, ni ne brave la mort.

Grand Dieu, qui nous ôtoit tout ombre d'espérance,
Tu voulois au miracle assurer l'évidence ;
Tu te voiles souvent sous les secours humains,
Ici tu fais briller l'ouvrage de tes mains.
Loüis respire enfin, objet de tant d'alarmes,
Une seconde fois racheté par nos larmes.

Que ses premiers périls nous en firent verser,
Quand cet Astre naissant fut prêt de s'éclipser !
Les plus ardens transports, les Fêtes les plus belles
Signalerent la fin de nos frayeurs mortelles.
Plus fortunés encor ? & plus reconnoissans,
Allons offrir au Ciel nos vœux & notre encens :
Le Sénat a donné le signal d'alégresse,
L'organe de nos loix, l'est de notre tendresse.
France, adore la main qui rend en ce grand jour,
Un Héros à ta gloire, un Pere à ton amour.

ROT, *Chevalier de l'Ordre*
de Saint Michel.

AU

AU ROY,
SUR SA CONVALESCENCE.

Domine salvum me fac, & Psalmos nostros cantabimus cunctis diebus vitæ nostræ in Domo Domini.
Isaïe chap. 38. vers. 20.

DU Luth du Roi David j'emprunte l'harmonie,
Pour donner à mes chants toute la mélodie
Que ce Saint employoit en loüant le Seigneur.
Mon cœur rend au Très-Haut un légitime honneur,
Le Ciel sera toûjours l'objet de mes loüanges :
Je quitte le profane, & je veux déformais
Unir ici mes vœux aux Prieres des Anges,
En consacrant ma voix à chanter ses bienfaits.
Divine vérité, Vierge pure & sacrée,
Pour m'inspirer descends de la voute azurée :
François, dignes Sujets, préparez vos concerts,
Que l'echo d'alentour chante votre Victoire ;
Vos cris sont parvenus au Dieu de l'Univers ;
Notre Roi va briller d'une nouvelle gloire,
Livrez-vous à la joye, & venez en ce jour
Prouver sur nos Autels votre reconnoissance,
Le Seigneur d'Israël sauve aujourd'hui la France,
En conservant un Roi, l'objet de notre amour.
Chantez de ses bontez la source inépuisable,
Qui daigne mettre fin à nos afflictions,
En donnant à Loüis un secours favorable.
  Quelles étoient, Grand Roi, nos agitations ?
Quand l'art t'abandonnant, nous vînies tes journées
D'un pas précipité, courir vers leur penchant ;
Au plus brillant midi de tes belles années,
Que déja ton Etoile atteignoit son Couchant ;
Que l'implacable mort en déployant ses aîles,
Ménaçoit de couvrir des ombres éternelles
La splendide clarté du jour dont tu joüis :
Nos regards effrayez t'accompagnoient Loüis.
Ce fut là que tu vis la course passagere
Du mortel, qui n'est rien qu'une vapeur legere,
Que l'ardeur du Soleil fait bientôt dissiper ;
Et que l'œil le plus vif suit & voit échaper ;
Mais Dieu te soutenoit ; & tes forces refaites,
Tu vas être en état de doubler tes conquêtes.
  En toi nous avons vû le pieux Josias,

R

Aux portes de la mort bénir la main suprême,
Sans paroître accablé d'une douleur extrême,
Souffrir patiemment les maux d'Ezéchias ;
C'est alors qu'éclairé de la Sainte Lumiere,
Après avoir reçû ton Maitre & ton Sauveur,
Déja de tes Sujets préfageant le malheur,
Ainsi que ce Saint Roi, tu lui fis ta Priere.
    Ce fut là que l'on vit de Chartres & Clermon,
Dévoiler leur bon cœur digne Sang de Bourbon :
Quand ton abattement vint allarmer la Ville,
On aperçût la mort dans les yeux de Belleiſle :
Boüillon, Fleury, d'Ayen, d'Argenſon, les Seigneurs,
Toute la Cour enfin, se fignaloient en pleurs :
Tes Gardes, tes Sujets reffembloient à des ombres,
A des spectres fortant de leurs demeures fombres ;
Grand Roi ! j'étois du nombre, & de mon tendre amour
On voyoit les transports & la nuit & le jour.
De ton Auguste Temple obſédant le portique,
Je vis dans tes difcours cette Réligion
Qui prouvoit de ton cœur la divine onction ;
Tes paroles valoient le plus pieux Cantique,
En loüant de ton Dieu les Décrets admirables :
Si l'impie ou l'athée eût vû ce que j'ai vû,
De la Religion tout-à-fait convaincu,
Il ne traiteroit plus nos Misteres de fables.
J'ai vû tes yeux tournés vers la célefte voute,
Demander à ton Dieu qu'il t'en ouvrît la route,
Attentif & docile à fa divine voix,
Le Ciel te vit foumis à ſes terribles Loix :
Mais il mit bien-tôt fin à nos cruelles peines
Et raffurant nos pas chancelans & craintifs,
Son bras brifa les fers dont on formoit nos chaînes,
Et ceux qui les forgeoient vont être nos Captifs.
    Vrais Enfans de Loüis, vivés en affurance,
François, le Tout-Puiffant ſe fouvient de la foi
Du Monarque des Lys ; les coups de fa vengeance
Ne retomberont point fur notre Auguſte Roi :
Sa rare piété le rend invulnérable,
Et Dieu va retarder son bonheur immuable,
Pour qu'il faffe ici-bas le bonheur des vivans,
Les cœurs de ſes Sujets en font les furs garans.
    J'irai fuivant la Reine au milieu de tes Temples,
Animer les mortels par mes pieux exemples,
Et là de notre Efther empruntant les difcours,
Je prierai ta bonté de redoubler fon cours,
De conferver long-tems ce Prince, ton ouvrage,
De garantir l'Etat de troubles & d'éffroi,
En daignant déformais détourner tout orage,
Qui pourroit ménacer la Tête de mon Roi.

Préſentés au Roi à Metz le 25. Août 1744. par M***.

ODE
SUR LA CONVALESCENCE DU ROY.

*Par Monsieur l'Abbé C****

C'EST un transport; c'est une yvresse
Qui fat éclater mes accens;
Le feu, l'excès de l'alégresse
Est le délire que je sens.
Mon ame de douleur éteinte,
Sort des abîmes de la crainte.
Un nouveau jour a lui pour moi.
Quel Astre à mes yeux étincelle!
J'échape à la nuit éternelle,
Et je revis avec mon Roi.

Que vois-je! A la clarté féconde
Des rayons heureux qu'il répand,
De nouveaux Cieux, un nouveau Monde,
Sont-ils apellés du néant?
Où s'est plongé l'affreux nuage,
Qui rouloit la peur & l'orage
Parmi les Peuples consternés?
Où sont ces horreurs, ces ténèbres,
Ces pleurs amers, ces cris funébres,
Ces malheurs sur nous enchaînés?

Sur le char brillant de la gloire,
Loüis armé par l'équité,
S'élançoit avec la victoire
Que presse son activité:
Devant ses pas, marchent la Guerre,
La valeur, l'éfroi, le tonnerre:
Il étoit suivi de la Paix:
Et poussant au loin les tempêtes,
Il seme près de lui les fêtes,
L'amour, l'espoir & les bienfaits.

D'un triple laurier couronnée*,
Présage heureux! gage certain!

La France attentive, étonnée,
Sur son front lisoit son destin:
Le Héros boüillant & rapide,
A son ame d'honneurs avide,
Promet le lustre des exploits:
Le Monarque humain & sensible,
A son ame tendre & paisible
Promet les délices des loix.

Déja s'anéantit l'espace,
Par qui ses transports suspendus
Différoient d'écraser l'audace
De ses ennemis confondus:
D'un rivage à d'autre rivage
Sa foudre qui poursuit leur rage,
Va les briser sous ses éclats:
Il paroît, son ardeur guerriere
Annonce, plus vive & plus fiere,
L'instant, & le fort des Combats.

Frape, Loüis, vers toi la Palme
Vole aussi prompte que tes coups;
Frape... Mais Dieu! Quel triste calme
Enchaine ton noble courroux!
Quel stupide & morne silence
Dans les glaces de l'indolence
Fixe tes Guerriers contristés!
Quels éclairs ont percé la nue!
La pâleur, par eux inconnue,
A couvert leurs fronts redoutés.

La crainte s'étend & redouble.
Qu'annoncent ces frémissemens?
L'horreur se répand, & le trouble
Eclate en longs gemissemens.
Pourquoi ces lugubres allarmes?
Dans l'amertume de ces larmes

---

* Prises de Menin, d'Ypres & de Furnes.

Je pressens des maux inoüis :
Quels cris ? Quels spectacles horribles !
Des difgraces les plus terribles ....
Dieu ! Sauve les jours de Loüis.

O fort ! O coup épouvantable !
Loüis... O mon Pere ! O mon Roi !
Dieu terrible ! O Dieu redoutable !
Arrête ! Ou ne frape que moi !
Loüis ! ... Il pâlit ... Sa lumiere
S'éclipfe ... Au bord d'une carriere
Qui promettoit un fi beau cours !
La mort étend fes aîles fombres,
Et dans l'épaiffeur de fes ombres
Plonge fon aurore & nos jours.

Dieu puiffant ! O Dieu que j'implore,
Soutiens fa mourante lueur !
Que ta balance pefe encore
Notre infortune & ta rigueur :
Si tu n'es plus le Dieu propice,
J'ofe interroger ta juftice
Jufques aux pieds de tes Autels :
Tu fais les Rois, & leur puiffance
Eft un rayon de ton effence,
Qui te peint aux yeux des Mortels.

Grand Dieu ! n'eft ce point un ou-
trage ?
J'ai cherché pourquoi j'obéis....
Loüis décide mon hommage :
Mon cœur t'adore dans Loüis :
Image du Dieu des Batailles,
Qu'il s'arme ; il brife les Murailles,
Sa main lance tes propres traits :
Qu'il repofe ; au fein de nos Villes
Il verfe les douceurs tranquilles,
Image du Dieu de la Paix.

Veux-tu le ravir à la Terre,
Lorfqu'elle applaudit à ton choix ?
Lorfque la clémence & la Guerre
L'attendent pour juger leurs droits ?
Lorfque l'aurore la plus vive
L'expofe à l'Europe attentive
Qu'il àbloüit de fon éclat ;
Et qu'aux vertus qu'il fait paroître,

Elle admire & confond le Maître,
Le Citoyen & le Soldat ?

Eh quoi ! Ces vertus adorées
Ne pourront défarmer ton bras !
Elles vont fe perdre , ignorées
Dans les ténébres du trépas !
Peuple ! A fa clarté qui s'efface,
Viens, revois encore une trace
De l'humanité de ton Roi ;
Son cœur eft percé de tes larmes,
Et fes plus cruelles allarmes
Sont ta douleur & ton éfroi.

Ah ! Quelle en eft la violence ?
Peuple tendre ! Peuple chéri !
Des profondeurs de ton filence
S'échape ton lugubre cri :
Le Temple Saint gémit, s'agite,
L'offrande accable le Lévite,
Le portique eft noyé de pleurs,
L'encens, les larmes, la poufliére,
Portent aux pieds du Sanctuaire
Les vœux, la crainte, les douleurs.

Dieu ! Qu'ai-je vû ! Ton Tabernacle
S'eft ébranlé par nos fanglots :
O Loüis ! O Peuple ! O Miracle !
Dieu terrible, & Dieu du repos,
Tu veux : La mort fuit dans l'abyfme :
Et mon Roi que ta voix ranime,
Perce fes voiles odieux ;
Aux yeux d'un Peuple qui l'adore
Il reparoît plus cher encore ;
Son Peuple eft plus cher à fes yeux.

Qu'il vive ! Eh ! Quel bonheur fu-
prême !
Dieu puiffant ! Daigne l'épargner :
Qu'il foit adoré ! Qu'il nous aime !
Qu'il vive ! Il fçait vaincre & régner.
Que tout l'Univers le contemple,
Qu'il connoiffe par notre exemple,
Tes Bienfaits & ta Majefté :
Et Toi ! dans nos fêtes publiques,
Dans nos tranfports, dans nos cantiques,
Joüis de ta propre bonté.

COMPLIMENT

COMPLIMENT AU ROY,
SUR SA CONVALESCENCE.

SIRE,

Il est visible que la victoire se plaît à accompagner Votre Majesté par tout ; serai-je le seul dans Israël, qui ne prendra pas part au triomphe public ? Le Conquérant de l'Asie, ce Guerrier superbe, qui souhaitoit des Mondes nouveaux pour y faire redouter son bras, a-t-il jamais mis la Couronne Impériale sur la Tête de son fidéle Allié ? Fils Aîné de l'Eglise, qui mieux que Votre Majesté a mérité ce vaste & laborieux Titre ? A votre pompeuse Entrée à Metz, moi simple Particulier, le plus petit de tous, ai eu la satisfaction de vous rendre mon hommage de cœur & de bouche, & le double honneur de fléchir à l'exemple de Votre Majesté, le genoüil devant notre Maître, le Roi des Rois ; le Dieu de nos Peres, Jesus-Christ notre Sauveur de tous, à qui j'ai demandé de répandre sur votre Tête sacrée sa Benediction avec abondance, sa grace avec profusion. A votre Entrée, dis-je, il m'a semblé admirer un autre César à son maintien, un autre Alexandre à son projet pour écarter l'Ennemi de nos Frontiéres, un autre Loüis XIV. à son héroïque ardeur pour le Combat. Achevés, SIRE, achevés ce grand ouvrage avec tout le succès que le Ciel vous promet. Mais, quoi ! une main supérieure vous arrête ? c'est la main souveraine sans doute ; car est-il un bras dans le monde plus puissant que le votre ? Ah ! quelle coup va-t'elle porter cette main invisible ? Vient-elle fraper pour abatre ou pour humilier ? ni l'un ni l'autre. Ici, c'est une épreuve que Dieu fait de son Elû : Là, c'est une augmentation de vertu, de pureté, de sainteté dans l'ame de son Bien-Aimé. Encore une fois, l'Oinct du Seigneur va cependant expirer ; la tristesse s'empare de tous les cœurs, la consternation est générale ; le Machabée Chrêtien meurt, dit-on ; il est mort, on le croit parce qu'on le craint ; il est mort nôtre Roi, nôtre bon Roi, le plus tendre de tous les Peres, le plus doux de tous les Hommes, le meilleur de tous les Maîtres. Pontifes, Prêtres, immolés l'Agneau sans tache, faites couler son Sang, prix infini de notre Rédemption. Ville guerriere qui voyés votre Monarque prêt à rendre le dernier souffle de la plus précieuse de toutes les Vies, pleurés, priés, gémissés, redoublés vos vœux ; les Cieux ne sont pas d'airain, ils souffrent violence ; aussi

S

tout à coup la véhémence de la ferveur de Loüis, celle de sa tendre Epouse, notre pieuse Reine Marie, présent inestimable que la Pologne a fait à la France, & la voix plaintive des fidéles Sujets du Royaume, ont ravi l'oreille & le cœur du Roi des siécles immortel; par là, le sacrifice que le plus grand Roi de la terre a fait de lui même s'est consommé; le Très-Haut s'est trouvé satisfait, la justice & la paix se sont donnés un baiser mystérieux.

C'est ainsi, François, que nous possedons miraculeusement notre Roi, notre David par sa résignation, notre Salomon par sa sagesse, notre Théodose par son humilité.

Grand Roi, victorieux Bourbon, vous avez été l'objet de nos justes allarmes, vous serez le digne sujet de nos pures délices; notre douleur a été vive, agréés que notre joye soit surabondante. Oserai-je vous protester & jurer qu'en actions de graces, je ne cesserai de conjurer tous les jours le Dieu de toute consolation, de continuer sur Votre Majesté, les soins d'une providence favorable & sa protection si sensible.

SIRE, par grace, si ma hardiesse mérite punition, pardonnés la moi en faveur de mon zéle, je sens circuler dans mes veines le Sang François, il boüillone même, s'il falloit le laisser verser jusqu'à sa derniere goutte, pas plus tard qu'à l'heure même, je suis prêt de le voir arroser la terre d'où je suis sorti pour votre service. Trop heureux! plus heureux, si je pouvois me promettre avant de mourir, l'honneur de vous dire de vive voix, que je suis & serai toûjours,

SIRE,

DE VOTRE MAJESTÉ,

Le très-humble, très-obéissant
& très-fidéle Sujet,

J. DE BRIGEOT, Prêtre.

Présenté au Roi le 26. Août 1744.

PASTORALE
SUR LA MALADIE
ET LE RETABLISSEMENT
DE LA SANTE' DU ROY.

Mise en Musique par le Sr. DUMONT.

OUVERTURE.
SCENE PREMIERE.

Prélude très-lent.

Chœur de Bergers & de Bergeres.

PLEURONS, pleurons tous,
Qu'il coule de nos yeux une fourée de larmes ;
O cruelles rigueurs ! O mortelles allarmes !
Les Dieux vont nous ravir notre espoir le plus doux ;
Pleurons, pleurons tous.

Une Nymphe de la Mozelle.

De quels funestes cris ces rives retentissent !

Chœur.

Pleurons, pleurons tous.

La Nymphe.

Les Echos même gémissent !

Le Chœur.

Les Dieux vont nous ravir notre espoir le plus doux ;
Pleurons, pleurons tous.

La Nymphe.

Ah ! Je ne vois que trop le sujet de vos pleurs ;
Un Prince trop chéri, votre unique espérance,
En proye à d'affreuses douleurs,
Ressent en ce moment toute leur violence.

Le Chœur.

Les Dieux vont nous ravir notre espoir le plus doux,
Pleurons, pleurons tous.

La Nymphe.

Redoublez s'il se peut vos vœux & vos soupirs,
Non, non, le Ciel trop équitable
Ne peut vous refuser un regard favorable ;
Déja propice à vos justes désirs,
Il tend à votre Prince une main secourable.

Chœur.

Pleurons, pleurons tous,
Qu'il coule de nos yeux une source de larmes ;
O cruelles rigueurs ! O mortelles allarmes !
Les Dieux vont nous ravir notre espoir le plus doux,
Pleurons, pleurons tous.

PRELUDE.

Un Berger & une Bergere.

DUO.

INVOCATION.

Ciel, juste Ciel ! des traits de ta colere
N'accable point un Peuple infortuné ;
Conserve-nous un tendre Pere,
Que toi-même nous a donné,
Le bien-aimé Loüis, Loüis est ton ouvrage,
Il est le plus cher de nos biens ;
Peux-tu détruire ainsi ta plus parfaite image ?
Tranche plûtôt *nos jours pour* épargner les siens.

SCENE SECONDE.

PRELUDE GRACIEUX.

Chœur.

DE quels nouveaux concerts retentissent ces lieux ?

Symphonie.

Quels sons joyeux se font entendre ?

Syhmphonie.

Symphonie.

O Ciel ! Que veut-on nous apprendre ?
Nos cris, nos vœux ont-ils touché les Dieux ?

Symphonie.

Nos cris, nos vœux ont-ils touché les Dieux ?

Le Génie Tutélaire de la France.

RECITATIF.

O vous qui gémissés dans ce lieu solitaire ;
Qui pleurés à la fois votre Roi, votre Pere ;
L'arbitre des humains touché de vos malheurs,
Veut aujourd'hui sécher vos pleurs ;
Vous avez par vos cris désarmé sa colere.

AIR.

Cet Empire chéri des Dieux,
Joüira déformais d'un repos salutaire ;
Et pour le rendre encor plus glorieux,
Le Ciel lui rend son Monarque & son Pere.

TRIO.

Deux Bergers & une Bergere.

Mais peut-on se livrer à ce tendre transport ?
Aprés de si cruels orages,
Est-il bien vrai que nous touchions au port ?

Le Génie.

AIR.

Que tout change dans ces Boccages,
J'améne les ris & les jeux,
Que l'on chante sous ces ombrages,
Vivés contens, vivés heureux.

AIR.

Dissipés vos craintes,
Les Dieux ont écouté nos cris ;
Finissés vos plaintes,
Ils vous rendent Loüis.

Chœur.

Dissipons nos craintes,
Les Dieux ont écouté nos cris,
Finissons nos plaintes,
Ils nous rendent Loüis.

T

Le Génie.

Le Palais du Héros est rempli d'alégresse,
Tout retentit de son parfait retour,
Les Lys, la Vertu, la Sagesse
Embelissent sa Cour.

Chœur.

Dissipons nos craintes,
Les Dieux ont écouté nos cris,
Finissons nos plaintes,
Ils nous rendent Loüis.

Une Bergere.

Nos vœux & notre esperance
Sont au terme souhaité,
Pour le bonheur de la France,
Loüis revient en santé.

Chœur.

Dissipons nos craintes,
Les Dieux ont écouté nos cris,
Finissons nos plaintes,
Ils nous rendent Loüis.

SCENE TROISIÈME.

MARCHE DES BERGERS POUR LA FESTE.

AIR LOURÉ.

Une Bergere.

Dans les Vallons, dans les Plaines,
Par nos champêtres concerts,
Faisons retentir les airs
De la fin de nos peines;
Echos secondés nos voix,
Répétés nos Chansonnettes,
Ne vous taisés plus Musettes,
Chers Oiseaux charmés nos Bois.

TAMBOURINS.

Air chanté en Duo & répété en Chœur.

Dans nos Hameaux plus tranquilles
Nous vivrons en sureté,

Ils feront les doux azilés
D'une entiere liberté.

GIGUE.

Un Berger.

Bien-tôt fuivi de la Victoire,
Nous verrons ce vaillant Héros
Echapé des mains d'Atropos,
Chercher dans les Combats une nouvelle gloire.

Une Bergere.

Nos allarmes vont redoubler,
Nous fçavons comment il s'expofe ;
Ciel ! la juftice de fa caufe
Ne fert point à nous confoler.

Un Berger.

En faifant gronder fon Tonnerre,
Il fonge à nous donner la Paix ;
Et dans les périls de la Guerre,
Les Dieux qui l'ont guéri combleront nos fouhaits.

Le Chœur répéte les mêmes paroles.

ODE
SUR LES REJOUISSANCES
FAITES PAR LA VILLE DE METZ,
AU SUJET DE LA CONVALESCENCE
DU ROY.

DES Aquilons bruyans la Cohorte fougeufe
Développe foudain fa rage impétueufe ;
L'horreur voile la nuit, l'Eclair eft en fureur,
L'affreux Tonnere éclate, il part, il fend la nuë ;
L'air fiffle, la terre eft émuë :
C'eft le régne de la frayeur.
L'orage difparoît, le calme lui fuccéde ;
Le Mortel des plaifirs fuit les fentiers divers,
Un charme vainqueur le poffede ;
Ce n'eft plus le même Univers.

De ton malheur paſſé, de la joye où tu nages,
France dans ce Tableau reconnois les images.
Loüis n'eſt plus couvert des ombres du tombeau.
A nos vœux redoublés l'Olympe s'intéreſſe :
    Tranſports, enfans de l'alégreſſe ;
    Montrez-vous ſous un jour nouveau.
A mes yeux étonnés s'offrent mille ſpectacles.
Qui recevra l'encens que le ſuccès produit,
    De l'Art qui livre ſes miracles,
    Ou du zéle qui le conduit ?

Qu'entens-je ? Quels éclats ! O Dieux ! Quels coups terribles
Excitent dans les Airs des ſecouſſes horribles ?
Jupiter lance-t-il ſes carreaux redoutés ?
Vient-il, environné des horreurs de la Foudre,
    Nous écraſer ; fondre, diſſoudre
    Les Elémens épouvantés ?
Par cent bouches d'Airain, l'Art rival du Tonnerre,
Nous retrace les jeux des Guerriers, des Héros :
    Ces bruits, qui font trembler la Terre,
    Préſagent le plus doux repos.

Où ſuis-je ? Quel éclat a frappé ma paupiére ?
O Ciel, que de rayons émaillent ta carriére !
Sous des chaînes de feu les Airs ſont-ils captifs ?
Une flamme ſuperbe à ſon eſſor livrée,
    Sillonne la Plaine éthérée,
    Délices des yeux attentifs.
Elle s'enfuit, revient, ſe diviſe, s'aſſemble :
Qui pourroit de Phébus déſirer le retour ?
    L'œil ſurpris voit régner enſemble
    L'Aurore, la Nuit & le Jour.

Du Véſuve en courroux la cime foudroyante
Vomit, avec la mort, la douleur, l'épouvante :
Des Torrens embraſés font mille malheureux.
Ils dévorent les dons de Cérès éplorée :
    Mortels fuyez cette Contrée :
    Nature ſont-ce là tes jeux ?
Ici l'on marque au feu le but qu'il doit atteindre ;
L'effroi n'oſe approcher ; l'Art a ſçû le bannir.
    Brillans traits, nous n'avons à craindre
    Que de vous voir bien-tôt finir.

De ces feux éclatans les efforts ſe redoublent ;
Quels combats animés ! ils ſe croiſent, ſe troublent :
On diroit que jaloux ils diſputent le prix ;
Tels de fameux rivaux plus promts qu'un vent rapide,
    Voloient dans les Jeux de l'Elide,
    Du déſir de la gloire épris.
Que de jets lumineux retombent en Etoiles !
Que de Soleils nouveaux ! Mon œil eſt enchanté.

La Nuit a déployé ses voiles,
Au seul profit de la Clarté.

De cent Gerbes de feu, je vois l'active adresse,
Crayonner dans les Airs des Chiffres de tendresse.
Mais quel autre spectacle appelle mes regards ? *
La Nayade se cache en ses Grottes profondes ;
          Le Ciel descend-t-il dans les ondes ;
          En leur sein quels brasiers épars !
Le Salpêtre enflammé plonge, serpente, nage,
Fuit, s'éteint, reparoît ; voir ses Jeux, c'est l'aimer :
          Les prestiges de cette image
          Ne trompent que pour mieux charmer.

    La splendeur de ces Lieux étale l'empirée :
Transfuges des Palais de la Voute azurée,
Dieux, fixez-vous ici ses feux étincelans ?
La flamme peint nos vœux : Que d'Emblêmes heureuses !
          Par tout des traces lumineuses,
          Dévoilent des objets brillans.
Le Fils de Sémélé prodiguant ses largesses,
Verse l'oubli des maux : Quel attrayant séjour !
          Metz, c'est beaucoup pour tes richesses ;
          Mais c'est trop peu pour ton amour.

    Tout s'écoule ; Saturne à sa course fidéle
S'éloigne en s'aprochant, & déja d'un coup d'aîle
Ce cruel destructeur moissonne nos plaisirs.
Que ces objets frapans tombent, s'anéantissent ;
          Que ces beaux Jeux s'évanoüissent ;
          Mon Roi suffit à mes désirs.
Nos spectacles pompeux vont bien-tôt disparoître,
Les yeux par leur éclat ne seront plus charmés ;
          Mais Loüis verra-t-il décroître
          Le zéle qui les a formés ?

* Le Feu d'Artifice peint dans la Mozelle.

G***. Chanoine Régulier.

V

ODE

SUR LE RETABLISSEMENT

DE LA SANTE DU ROY.

DU haut de la Voute azurée,
Quelle Déeffe fend les airs,
Et vientde mille attraits parée,
Rendre la joye à l'Univers?

Don du Ciel, fanté bienfaifante,
C'eft toi, j'aperçois ton flambeau,
La nature foible, expirante,
A ton afpect fort du tombeau.

Un brillant fillon de lumiere,
T'annonce à mes yeux éblouïs;
Tu viens fauver la France entiere,
Puifque tu viens fauver Louis.

Hélas ! tandis qu'à la Victoire,
Menant lui-même fes Guerriers,
Nous le voyons couvert de gloire
Courir à de nouveaux lauriers.

Des fleurs qui couronnoient nos têtes,
Quel démon flétrit les couleurs,
Et foudain terminant nos fêtes,
Ouvrit la fource de nos pleurs ?

Dans l'horreur d'une nuit profonde,
Nous avons vû l'heure où les Dieux
Alloient redemander au Monde,
Leur préfent le plus précieux ?

Déja tu frappois, Mort terrible,
Mais voulant lui ravir le jour,
Tu n'as rendu que plus fenfible,
Et notre zéle & notre amour.

Pourquoi trancher fes deftinées,
S'écrioient en tremblant nos voix?
Arrête.... compte fes années,
Tu n'as compté que fes exploits.

Enfin touché de nos Prieres,
Et propice à nos Vœux ardens,
Le Ciel rend le plus doux des Peres,
Aux plus fidéles des Enfans.

Non, il n'eft pas vrai que d'Aftrée
Les beaux jours foient évanoüis;
Le véritable tems de Rhée,
C'eft le tems où regne Loüis.

Son Ame généreufe & tendre,
Réünit toutes les vertus
C'eft dans la Guerre un vrai Alexandre,
Et dans la Paix un Titus.

Héros digne de la Couronne,
Délices d'un Peuple empreffé,
Nos cœurs l'auroient mis fur le Thrône,
Où le choix du Ciel l'a placé.

Heureufes les vaftes Provinces,
Qui vivent fous fes juftes Loix,
Et qui dans le meilleur des Princes,
Poffedent le plus grand des Rois.

Dieux protecteurs de la Patrie,
Nous n'élevons qu'un cri vers vous;
Veillez feulement fur fa vie;
C'eft veiller au bonheur de tous.

LOUIS LE BIEN-AIME.
P O Ë M E.

CE Roi, dont la prudence & la valeur éclatrent
Dans l'âge qui souvent égare les Héros;
 Et que ses triomphes ne flatrent,
Qu'autant que de son Peuple ils fondent le repos;
Dédaignant des Lauriers arrofés de nos larmes,
  Loüis cherchoit dans les allarmes
La Paix, l'aimable Paix, où tendent ses défirs;
Et mettant à ses pieds l'Etendart de la Guerre,
Alloit rendre à la France, à l'Europe, à la Terre,
  Leur abondance & leurs plaifirs.
La discorde en frémit, & volant chez l'envie,
,, Laiſſerons nous dit-elle, avorter nos projets?
,, L'abondance... la Paix! pour nous deux quels objets?
,, Voilà notre Puiſſance à jamais aſſervie;
,, Ah! plûtôt de Loüis ofons trancher la vie,
,, Et frappons à la fois le Prince & les Sujets!
,, Frappe répond l'envie, & compte qu'avec joye
  ,, Je feconderai ton deſſein;
  ,, Quel génie heureux t'envoye?
,, Quel démon bienfaisant t'a verfé dans ton fein?
  ,, Dans le mien il auroit dû naître;
,, Loüis en est l'objet: Eh! Qui peut mieux que moi
  ,, Sentir, apprécier, connoître
,, Tout le mal que nous fait ce trop Augufte Roi?
,, Cent fois, en le voyant, mon ame fut faifie
  ,, D'un mouvement de jaloufie,
  ,, Qui m'annonçoit tout ce qu'il vaut;
,, Voilà n'en doutons point, où nos coups doivent tendre;
,, Un Roi cher à fon Peuple, un Roi fenfible & tendre,
  ,, Eft la victime qu'il nous faut.
,, Contre lui dans nos cœurs que de fujets de haine!
  ,, Difcorde! Il te vaincra toûjours;
,, Et moi l'envie, & moi j'éprouve tous les jours
  ,, Qu'il me fubjugue, qu'il m'enchaîne;
,, Oüi je le vois fi grand, fi bon, fi glorieux,
  ,, Qu'en fecret je commence à craindre
  ,, Un mérite victorieux,
  ,, Qui pourroit enfin me contraindre
,, A fubir, à chérit un joug impérieux.

,, Eh! n'eſt-ce pas ce Roi, qui pendant ſa jeuneſſe,
,, Dans une Cour enchantereſſe,
,, Aux paiſibles vertus paroiſſant ſe borner,
,, Sous le voile trompeur d'une fauſſe indolence,
,, Oſa dans l'ombre & le ſilence,
,, Aprendre par dégrez le grand art de regner.
,, Il conjuroit dès-lors & ma honte & ta perte,
,, Mais ſa trame perfide eſt enfin découverte,
,, Lui-même il vient de ſe trahir;
,, Bellone a fait ſonner la Trompette Guerriere,
,, Et ſur le champ dans la Carriére
,, Je l'ai vû s'élancer, & ſe faire obéir:
,, Et plût aux Dieux encore, qu'à cette obéiſſance
,, Il eut vû borner ſa Puiſſance!
,, Mais quels autres ſujets pour nous de le haïr!
,, Cent mille Hommes ne font qu'une ſeule famille,
,, Dont ce Prince eſt le Chef, & le Chef adoré;
,, Juſques dans les détails il ſe diſtingue, il brille;
,, Aucun par lui n'eſt ignoré,
,, Et par lui tout eſt décoré;
,, Enchanté, pénétré des ſoins dont on l'honore,
,, L'Homme cicatriſé voudroit ſervir encore,
,, Et ceux que du Combat les coups auront exclus,
,, N'auront d'autres regrets que de ne ſervir plus.
,, Ce n'étoit point encore aſſez pour nous confondre,
,, Les Bourbons à ſes vœux empreſſez de répondre,
,, Sont ſes imitateurs, ſans être ſes rivaux;
,, Non-content d'avoir l'avantage
,, D'être un Héros lui-même, il en fait de nouveaux.
,, Clermont le ſuit dans ſes travaux,
,, Et ſon courage les partage.
,, Que vois-je? ſur ſes Monts où le vieil Annibal
,, Eſſaya ſi long-tems de ſe rendre fatal,
,, Par une ſuite de miracles,
,, Conty, Vainqueur de mille obſtacles,
,, Ayant à peine atteint les ans de Marcellus,
,, Brave des Ennemis les efforts & la rage,
,, Et fait aſſocier au plus ardent courage
,, La prudence de Fabius.
,, C'en eſt trop, & d'un ſang en Héros ſi fertile
,, Il faut interrompre le cours;
,, Ou cédant lâchement un pouvoir inutile,
,, Dans notre abaiſſement cherchons un prompt ſecours:
,, Que dis-je? Ah! Que plûtôt ſur ce Roi qu'on adore,
,, Des maux que renfermoit la boëte de Pandore
,, Fonde l'orage impétueux!
,, Guidons, précipitons le Ciſeau de la Parque,
,, Et vous, Siécles futurs, aprenés qu'un Monarque
,, N'eſt pas impunément aimable & vertueux.

En écumant de rage, ainſi parle l'Envie,

La Difcorde aplaudit par un fourire affreux ;
De la fombre Atropos l'une & l'autre eft fuivie ;
Quelle tête, grands Dieux, va nous être ravie ! ...
        Ah ! quels jours affez ténébreux,
        Quelle obfcurité favorable
        Pourra d'un coup fi déplorable
Dérober à mes yeux le fpectacle accablant ? ...
O Loüis ! O mon Pere ! O ma chere Patrie ! . . .
De cette jeune fleur je m'aproche en tremblant. . . ;
Hélas ! d'un fouffle impur elle eft déja flétrie ;
L'Enfer a fur Loüis répandu fon venin :
Et dans quel tems encore ! fon courage intrépide,
Des rives de l'Efcaut aux rivages du Rhin,
Venoit de le porter d'une aîle fi rapide ! . . .
Que me rapellés-vous, Ypres, Furnes, Menin ?
Monumens glorieux des premieres Victoires
Du Prince qui nous coûte aujourd'hui tant de pleurs,
        Vous ne vivrés dans nos hiftoires
Que pour renouveller chaque jour nos douleurs.

    Nos douleurs ! . . . notre amour n'a donc plus de reffource,
Nous allons donc, ô Ciel ! perdre dès aujourd'hui
Notre plus cher efpoir, notre plus ferme appui ?
Un fort fatal l'arrête au milieu de fa courfe,
        Et c'eft fait de nous & de lui.
        Non : Un Egide redoutable
        Couvroit des jours fi précieux ;
        Et d'un orage épouvantable
        Nous préfervoit du haut des Cieux :
La Difcorde abbatue & l'envie étouffée,
        A Loüis fervent de Trophée.
        Rien ne pourra le renverfer.
Des jours de notre Roi puifque nos jours dépendent,
        Notre douleur doit s'éclipfer ,
        Et fi quelques pleurs fe répandent,
Ce n'eft plus qu'au plaifir à les faire verfer.
Que j'aime ce tumulte où l'ame fe déploye ;
        Faifons éclater notre joye
Sans craindre le défordre & le raviffement ;
Tout eft juftifié par l'excès de tendreffe,
Et malheur à des cœurs incapables d'yvreffe ;
        Quand il s'agit de fentiment.
Ah ! que tu nous touchois, Grand Roi, différemment,
        Lorfque la trifte renommée
Ceffa de publier les deftins de l'Armée,
Pour te peindre à nos yeux expirant loin de nous !
Quand l'affreufe nouvelle à Paris répandue,
        Du fier Stoïcien troubla l'ame éperdue,
        Et le fit tomber à genoux ;
Que ne les as-tu vûs au milieu des allarmes,
Tes Sujets accablés fous le poids du malheur,

X

N'ayant pour exprimer leur extrême douleur,
Que leur abbatement, leur silence & leurs larmes;
Ah ! Qu'un Roi qui préfere au faste des Vainqueurs,
Le Triomphe plus doux, l'honneur plus défirable
De vivre, d'habiter, de regner dans les cœurs,
Doit gouter le plaifir pur, tranquile & durable,
De s'entendre appeller Loüis le bien-aimé;
D'entendre tout un Peuple à fa Gloire animé,
S'écrier fur ce nom à jamais remarquable;
Que ce foit de Loüis le Titre irrévocable,
      C'est notre amour qui l'a nommé.

Vous qu'Apollon admet au Temple de la Gloire,
C'est à Vous qu'apartient le droit de recüeillir
Les Fleurs, dont s'embellit le Char de la Victoire,
Et je les fannerois fi j'ofois les cüeillir;
De ces riches tréfors foyez Dépofitaire,
      Il ne fied bien qu'à des Voltaires
De célébrer Loüis, armé, victorieux;
C'est pour ce noble emploi qu'Apollon les infpire;
Mais c'est affez pour moi qui célébre l'Empire
D'un Monarque chéri de la Terre & des Cieux,
      D'être François, d'avoir une ame;
      Et dans le zéle qui m'enflanme,
Je n'ai dû confulter que mon cœur & mes yeux.

*PESSELIER, Intéreffé dans
les Fermes de Sa Majefté.*

ODE.
L'AMOUR DES MESSINS
POUR LEUR ROY.

EN vain le Démon de la Guerre,
Des deux Mers aux rives du Rhin;
S'éleve & fait trembler la Terre
Du bruit de cent Foudres d'Airain;
En vain l'Europe conjurée,
Et de fa Puiffance enyvrée,
France confpire contre toi,
Tu vois fes Projets fans allarmes,
Ton Peuple a d'invincibles Armes,
Dans l'amour qu'il a pour fon Roi.

Loüis parle, à fa voix puiffante
La France enfante des Soldats,
Déja leur Troupe ménaçante
Décide le fort des Etats;
Leurs Enfeignes victorieufes
Couvrent les Montagnes fameufes,
Dont le Piedmont fait fon appui:
Conty les méne à la Victoire,
Les Alpes témoins de fa gloire,
Semblent s'abaiffer devant lui.

Londres, cette Rivale altiére,
De la splendeur du Nom François,
Si libre autrefois & si fiére,
Esclave aujourd'hui de ses Rois,
En deux Factions divisée,
Et de Finances épuisée,
Se trouble à l'aspect du danger;
Et chez le tranquile Batave,
Contre l'Ennemi qu'elle brave,
Mandie un secours étranger.

Loüis qui voit gronder l'orage,
S'avance au-devant de ses coups,
Wasnair en vain sur son passage
Tâche d'appaiser son courroux;
De l'Escaut il franchit la rive
D'une soumiffion tardive,
Sa fierté n'entend plus la voix,
Il marche, il combat en Personne,
La Terre s'ouvre, l'Airain tonne,
Ypres, Menin sont sous ses Loix.

Grand Roi! Quel nouveau champ
de gloire
A ta valeur vient de s'ouvrir?
Sortant des bras de la Victoire
Aux périls je te vois courir;
Du Rhin qui bornoit sa carriere
Charles a franchi la barriere,
L'Alsace implore ton secours,
Maurice étendra tes Conquêtes,
Pour toi d'autres Palmes sont prêtes
Aux Champs des Germains où tu cours.

Déja dans sa marche rapide,
Suivis de ses braves Soldats,
Loüis d'un visage intrépide
Médite de nouveaux Combats;
Son Ame n'est point affamée
De la frivole Renommée
Dont s'enyvrent les Conquérans.
L'intérêt de l'Etat l'anime,
Il voit son Peuple qu'on opprime,
Il court foudroyer ses Tyrans.

Qu'entens-je? Quels accens funébres
Viennent semer ici l'effroi?
La mort sort du sein des ténébres,
Son bras est levé sur mon Roi,
Toute la France consternée,
Aux pieds des Autels prosternée,
S'offre en holocauste pour lui.
Dieu juste appaise ta colere,
L'Etat te redemande un Pere,
Tu lui vas ravir son appui.

Ce Prince objet de tant d'allarmes,
Tranquile sur son propre sort,
Ne paroît ému que des larmes
D'un Peuple qui pleure sa mort:
Si dans ces fatales journées,
Il demande à Dieu des années,
C'est pour rendre heureux ses Sujets;
Soumis à la main qui le frappe,
Nul murmure à ce Roi n'échape,
Héros Chrétien il meurt en paix.

Mais le Ciel appaise son ire;
Loüis à nos vœux est rendu,
L'Ange exterminateur retire
Le bras sur sa Tête étendu,
La Mort en frémit & s'envole,
Le Tout-Puissant d'une parole
L'arrache du sein du Trépas,
Charles par nos chants d'alégresse,
Aprend ce Miracle & s'empresse
D'éviter l'effort de son bras.

Tu renais, ta Maison Auguste
Recouvre un Chef, la France un Roi;
Sois toûjours grand, sois toûjours juste;
Loüis tous les cœurs sont à toi:
Et vous Nations conjurées,
De vos ligues désespérées,
Abandonnez les vains projets;
Le Ciel vient de nous rendre un
Maître,
La France avec lui va renaître,
Tremblez, demandez-lui la Paix.

F I N.

www.ingramcontent.com/pod-product-compliance
Lightning Source LLC
Chambersburg PA
CBHW070747280626
47162CB00017B/2430